Marco Arnaudo

Italian Teaching Fellow,
Harvard University

La pagina breve

Racconti italiani del Novecento

Redazione: Daniela Difrancesco, Donatella Sartor
Progetto grafico: Nadia Maestri
Impaginazione: Silvia Zino
Illustrazione di copertina: Gianni De Conno

Saremo lieti di ricevere i vostri commenti e, eventuali suggerimenti e di fornirvi ulteriori informazioni che riguardano le nostre pubblicazioni:
redazione@cideb.it
www.cideb.it

CISQ CISQ CERT
TEXTBOOKS AND
TEACHING MATERIALS
The quality of the publisher's design, production and sales processes has been certified to the standard of
UNI EN ISO 9001

ISBN 88-530-0325-1

Printed in Italy by Litoprint, Genoa

Indice

Introduzione

Questa antologia si rivolge a studenti di italiano di livello intermedio e nasce da due ferme convinzioni dell'autore. La prima è che imparare una lingua straniera possa essere divertente; la seconda è che le opere letterarie siano ottimi strumenti per un apprendimento piacevole.

L'esperienza di insegnamento dell'italiano all'estero mostra facilmente come gli studenti aspettino con ansia di potersi confrontare con opere letterarie in lingua originale, sia per poter comprendere meglio la cultura di un dato paese, sia per il piacere di leggere una bella storia. Soddisfare queste esigenze può risultare spesso difficile, in quanto molte opere narrative che si vorrebbero proporre agli studenti hanno un livello di complessità linguistica elevato (da qui la tentazione di semplificare il testo del racconto originale), oppure hanno una lunghezza eccessiva per una sede antologica (da qui l'altra grande tentazione: tagliare).

Il volume presente, nella consapevolezza di questi problemi, parte dalla semplice premessa che esistono nella letteratura italiana molti racconti abbastanza brevi da poter essere pubblicati integralmente, e che hanno un livello di difficoltà adatto a studenti di un corso di italiano intermedio.

Si sono dunque selezionati racconti con caratteristiche tali da poterli proporre nella loro completa autenticità artistica e culturale. Per questo il libro non è rivolto solo agli studenti ma, nonostante la struttura scolastica, anche a chiunque voglia farsi un'idea della narrativa italiana breve del Novecento.

Tutti i testi di questo volume, inoltre, hanno una struttura rigorosamente narrativa, con introduzione di personaggi, sviluppo e risoluzione finale. Naturalmente anche brani di prosa d'arte, descrizioni naturali o espressione pura di sentimenti avrebbero potuto dare una ricca idea della cultura italiana, ma riesce indubbiamente più efficace stimolare il lettore con la molla del "Cosa succede?" o "Come va a finire?" — che è la molla che attiva anche il lettore italiano.

Il libro è pensato sia per l'apprendimento in classe che per lo studio autonomo, con attività ed esercizi dedicati a entrambe le esigenze.

Ogni racconto è corredato da gruppi di domande di comprensione. L'ordine dei racconti è, in linea di massima, in progressione di lunghezza e di difficoltà, dal più corto e facile al più lungo e complesso. Si è cercato di evitare, quando possibile, la ridondanza nelle note, per cui le parole spiegate in nota nei primi racconti in genere non sono più spiegate nei racconti successivi.

Questa struttura ha ovviamente impedito di creare un vero e proprio ordine "per temi": i racconti dedicati alla vita di campagna, alla città o agli argomenti fantastici si mescolano liberamente nel corso dell'opera. Anche la libertà per il lettore di spaziare, provando cose diverse senza seguire un percorso obbligato, costituisce un importante stimolo alla lettura e alla partecipazione.

Alla fine di questo lavoro, desidero ringraziare di cuore Daniela Difrancesco, senza i cui sforzi questo libro non sarebbe mai stato possibile, ed Elvira Di Fabio, che credette da subito nelle mie possibilità didattiche. Un ringraziamento speciale va a tutti i miei studenti di Harvard e del Derada Institute di San Demetrio (CS), che in questi anni mi hanno insegnato ad insegnare.

Marco Arnaudo

Gianni Rodari

Vita e opere

Gianni Rodari nasce a Omegna (Novara) nel 1920 da genitori lombardi e trascorre l'infanzia tra Lombardia e Piemonte. La morte prematura del padre lo obbliga ad aiutare la famiglia fin dall'età di dieci anni. Le sue forti tensioni spirituali lo spingono a studiare in seminario e a diventare membro del gruppo Azione Cattolica.

Gianni Rodari si interessa fin da giovane di pedagogia; negli anni '30 diventa istitutore presso una famiglia ebraica e, in seguito, maestro di scuola elementare in piccoli paesi del nord. Il suo rapporto con la scuola è difficile perché si rifiuta di aderire al partito fascista. Nel 1941 è comunque costretto a farlo per poter lavorare. Nel 1944 si iscrive al Partito Comunista Italiano e partecipa alla lotta della Resistenza contro il nazifascismo.

Nel 1947 inizia a collaborare al quotidiano "L'Unità" e a pubblicarvi filastrocche per bambini.

Nel 1950 si trasferisce a Roma e dirige il settimanale per bambini "Il Pioniere". Si sposa nel 1953. Dal 1958 scrive per il giornale "Paese Sera"; la sua carriera è ora definitivamente quella di giornalista politico e scrittore per bambini. Dal 1960 incomincia a pubblicare libri col prestigioso editore Einaudi, e nel 1970 vince il premio per la letteratura infantile Andersen, che lo rende famoso in tutto il mondo.

Nel 1979, dopo il ritorno da un viaggio in Russia, si ammala gravemente.

Gianni Rodari muore nel 1980 per le complicazioni successive a un intervento chirurgico.

L'uomo che rubava il Colosseo

Come Collodi e Carroll, Rodari è uno scrittore "per bambini" le cui storie vengono apprezzate anche dagli adulti. In Rodari la semplicità dello stile non è un limite, ma uno strumento per rendere il racconto efficace e per esprimere con forza il pensiero.
L'uomo che rubava il Colosseo *viene dalla raccolta* Favole al telefono, *storie che un padre, in viaggio per lavoro, racconta ogni sera chiamando il figlio al telefono. Si vede fin da qui la capacità di Rodari di adeguare generi tradizionali (come le favole) ai bisogni della società moderna. Per Rodari infatti la favola, anche se fantastica, è quasi sempre un modo per riflettere sul nostro mondo.*

Una volta un uomo si mise in testa di rubare il Colosseo di Roma, voleva averlo tutto per sé perché non gli piaceva doverlo dividere con gli altri. Prese una borsa, andò al Colosseo, aspettò che il custode guardasse da un'altra parte, riempì affannosamente [1] la borsa di vecchie pietre e se le portò a casa. Il giorno dopo fece lo stesso, e tutte le mattine tranne la domenica faceva almeno un paio di viaggi o anche tre, stando sempre bene attento che le guardie non lo scoprissero. La domenica riposava e contava le pietre rubate, che si andavano ammucchiando in cantina.

Quando la cantina fu piena cominciò a riempire il solaio, [2] e quando il solaio fu pieno nascondeva le pietre sotto i divani, dentro gli armadi e nella cesta della biancheria sporca. Ogni volta che tornava al Colosseo lo osservava ben bene da tutte le parti e concludeva fra sé: «Pare lo stesso, ma una certa differenza si nota. In quel punto là è già un po' più piccolo». E asciugandosi il sudore [3] grattava [4] un pezzo di mattone da una gradinata, staccava una pietruzza dagli archi e riempiva la borsa. Passavano e ripassavano accanto a lui turisti in estasi, con la bocca aperta per la meraviglia, e lui ridacchiava di gusto, anche se di nascosto: - Ah, come spalancherete gli occhi il giorno che non vedrete più il Colosseo.

Se andava dal tabaccaio, le vedute [5] a colori del grande anfiteatro gli mettevano allegria, doveva fingere di soffiarsi il naso nel

1 Anxiously

2 Attic

3 Sweat

4 He stole [lit. "he scratched"]

5 (here) Postcards

fazzoletto per non farsi vedere a ridere: - Ih! Ih! Le cartoline illustrate. Tra poco, se vorrete vedere il Colosseo, dovrete proprio accontentarvi delle cartoline.

Passarono i mesi e gli anni. Le pietre rubate si ammassavano ormai sotto il letto, riempivano la cucina lasciando solo uno stretto passaggio tra il fornello [6] a gas e il lavandino, colmavano la vasca da bagno, avevano trasformato il corridoio in una trincea. Ma il Colosseo era sempre al suo posto, non gli mancava un arco: non sarebbe stato più intero di così se una zanzara avesse lavorato a demolirlo con le sue zampette. [7] Il povero ladro, invecchiando, fu preso dalla disperazione. Pensava: «Che io abbia sbagliato i miei calcoli? Forse avrei fatto meglio a rubare la Cupola di San Pietro? Su, su, coraggio: quando si prende una decisione bisogna saper andare fino in fondo».

Ogni viaggio, ormai, gli costava sempre più fatica e dolore. La borsa gli rompeva le braccia e gli faceva sanguinare le mani. Quando sentì che stava per morire si trascinò [8] un'ultima volta fino al Colosseo e si arrampicò penosamente [9] di gradinata in gradinata fin sul più alto terrazzo. Il sole al tramonto colorava d'oro, di porpora e di viola le antiche rovine, ma il povero vecchio non poteva veder nulla perché le lacrime e la stanchezza gli velavano gli occhi. Aveva sperato di rimaner solo, ma già dei turisti si affollavano sul terrazzino, gridando in lingue diverse la loro meraviglia. Ed ecco, tra tante voci, il ladro distinse quella argentina di un bimbo che gridava: - Mio! Mio!

Come stonava, [10] com'era brutta quella parola lassù, davanti a tanta bellezza. Il vecchio, adesso, lo capiva, e avrebbe voluto dirlo al bambino, avrebbe voluto insegnargli a dire «nostro», invece che «mio», ma gli mancavano le forze.

6 Kitchen range

7 Legs

8 He dragged himself

9 Miserably

10 How it jarred

Gianni Rodari, "L'uomo che rubava il Colosseo", da: *Favole al telefono*, Einaudi, 1993

1 Qual è l'intento del protagonista? Che idea lo ossessiona?

2 Quanto tempo dura il racconto? Da cosa lo capisci?

3 Cosa pensa il protagonista dei turisti? Come cambia la sua percezione dei turisti durante il racconto?

4 Quale pensi che sia il significato generale della storia? Quale messaggio vuole dare l'autore con l'ultimo paragrafo?

a   Leggi le frasi seguenti e spiega perché si usa l'imperfetto o il passato remoto.

"Una volta un uomo si mise in testa di rubare il Colosseo di Roma, voleva averlo tutto per sé perché non gli piaceva doverlo dividere con gli altri."

"Quando la cantina fu piena cominciò a riempire il solaio, e quando il solaio fu pieno nascondeva le pietre sotto i divani, dentro gli armadi e nella cesta della biancheria sporca."

b   Indica l'infinito dei seguenti verbi.

Prese   Ammucchiando

Vorrete   Avevano trasformato

Si arrampicò   Distinse

Quali sono i soggetti di questi verbi nel racconto?

c   Associazione d'idee. Che immagini ti fanno venire in mente le seguenti parole? Crea almeno quattro associazioni d'idee per ognuna, poi confrontale con quelle di un compagno/una compagna.

Colosseo: ....

Cartoline: ....

Trincea: ....

Porpora: ....

Perché avete scelto queste associazioni? Quelle del tuo compagno/della tua compagna ti sembrano più appropriate delle tue?

d   Immagina un piano per rubare davvero il Colosseo. Che mezzi bisognerebbe usare? Quanto potrebbe costare? Che problemi tecnici ci sarebbero? Con un compagno/una compagna scrivi un dialogo sui vostri preparativi per il furto, poi recitatelo davanti alla classe.

e   Immagina che il Colosseo sia stato rubato davvero. Tu sei un/una giornalista che deve scrivere l'articolo su questo evento. Prepara il pezzo ed esponilo alla classe. Puoi anche organizzare interviste con altri compagni/altre compagne che interpreteranno i testimoni dell'evento.

Luigi Malerba

L'autore e l'opera

Luigi Malerba nasce a Berceto (Parma) nel 1927. Si laurea in giurisprudenza, ma si dedica poi completamente alla carriera artistica scrivendo racconti, romanzi, sceneggiature cinematografiche e collaborando con vari giornali. A Parma negli anni '50 dirige la rivista di cinema "Sequenze".

È uno dei fondatori del Gruppo '63, importante associazione di scrittori sperimentali degli anni '60. Nei romanzi *Il serpente* (1966) e *Salto mortale* (1968) Malerba sperimenta infatti tecniche letterarie nuove, come l'autocontraddizione continua e l'impasto di prosa e materiale giornalistico. Col tempo la sua prosa diventa meno sperimentale e più narrativa, pur mantenendo il gusto per i paradossi logici e l'immaginazione. In *Le rose imperiali* (1974), *Il fuoco greco* (1978) e *Le maschere* (1995) Malerba sembra frequentare i generi del racconto esotico, del giallo e della ricostruzione storica, ma in realtà rappresenta gli intrighi del potere e la violenza della politica nei momenti di crisi.

Attualmente vive a Roma.

La scoperta dell'alfabeto

La scoperta dell'alfabeto *(che dà anche il titolo a una raccolta di racconti del 1963) rappresenta il Malerba meno sperimentale e più narrativo. Questa storia, come le altre della raccolta, mostra le emozioni e le esperienze della vita di campagna nel Nord Italia, dove l'autore ha trascorso l'infanzia.*

Anche se l'argomento è strettamente realistico, Malerba non rinuncia a usare un tono sognante e vagamente fantastico, per comunicare lo stupore e l'ingenuità dei contadini degli anni '30. L'effetto è quello di una specie di "realismo magico".

Al tramonto Ambanelli smetteva di lavorare e andava a sedersi a casa con il figlio del padrone perché voleva imparare a leggere e a scrivere.

«Cominciamo dall'alfabeto,» disse il ragazzo, che aveva undici anni.

«Cominciamo dall'alfabeto.»

«Prima di tutto c'è A.»

«A.» disse paziente Ambanelli.

«Poi c'è B.»

«Perché prima e non dopo?» domandò Ambanelli.

Questo il figlio del padrone non lo sapeva.

«Le hanno messe in ordine così, ma voi le potete adoperare [1] come volete.»

«Non capisco perché le hanno messe in ordine così,» disse Ambanelli.

«Per comodità,» rispose il ragazzo.

«Mi piacerebbe sapere chi è stato a fare questo lavoro.»

«Sono così nell'alfabeto.»

«Questo non vuol dire,» disse Ambanelli, «se io dico che c'è prima B e poi c'è A forse che cambia qualcosa?»

«No,» disse il ragazzino.

«Allora andiamo avanti.»

«Poi viene C che si può pronunciare in due modi.»

«Queste cose le ha inventate della gente che aveva tempo da perdere.»

Il ragazzo non sapeva più che cosa dire.

«Voglio imparare a mettere la firma,» disse Ambanelli, «quando devo firmare una carta non mi va di mettere una croce.»

Il ragazzino prese la matita e un pezzo di carta e scrisse «Ambanelli   1   Use

Federico», poi fece vedere il foglio al contadino.

«Questa è la vostra firma.»

«Allora ricominciamo da capo con la mia firma.»

«Prima c'è A,» disse il figlio del padrone, «poi c'è M.»

«Hai visto?» disse Ambanelli, «adesso cominciamo a ragionare.»

«Poi c'è B e poi A un'altra volta.»

«Uguale alla prima?» domandò il contadino.

«Identica.»

Il ragazzo scriveva una lettera alla volta e poi la ricalcava[2] a matita tenendo con la sua mano quella del contadino.

Ambanelli voleva sempre saltare la seconda A che a suo parere non serviva a niente, ma dopo un mese aveva imparato a fare la sua firma e la sera la scriveva sulla cenere per non dimenticarla.

Quando vennero quelli dell'ammasso[3] del grano e gli diedero da firmare la bolletta,[4] Ambanelli si passò sulla lingua la punta della matita copiativa e scrisse il suo nome. Il foglio era troppo stretto e la firma troppo lunga, ma a quelli dell'ammasso bastò «Amban» e forse è per questo che in seguito molti lo chiamarono Amban, anche se poco alla volta imparò a scrivere la sua firma più piccola e a farla stare per intero sulle bollette dell'ammasso.

Il figlio dei padroni diventò amico del vecchio e dopo l'alfabeto scrissero insieme tante parole, corte e lunghe, basse e alte, magre e grasse come se le figurava Ambanelli.

Il vecchio ci mise tanto entusiasmo che se le sognava la notte, parole scritte sui libri, sui muri, nel cielo, grandi e fiammeggianti come l'universo stellato. Certe parole gli piacevano più di altre e cercò di insegnarle anche alla moglie. Poi imparò a legarle insieme e un giorno scrisse «Consorzio Agrario[5] Provinciale di Parma».

Ambanelli contava le parole che aveva imparato come si contano i sacchi di grano che escono dalla trebbiatrice[6] e quando ne ebbe imparate cento gli sembrò di aver fatto un bel lavoro.

«Adesso mi sembra che basta, per la mia età.»

Su vecchi pezzi di giornale Ambanelli andò a cercare le parole che conosceva e quando ne trovava una era contento come se avesse incontrato un amico.

2 Traced
3 Stockpile
4 Bill
5 Farmers' cooperative
6 Threshing machine

Luigi Malerba, "La scoperta dell'alfabeto",
da: *La scoperta dell'alfabeto*, Mondadori, 1990

1   Chi sono i due personaggi del racconto? Qual è il loro rapporto? Perché Ambanelli vuole imparare a scrivere?

2   In che maniera diversa i due personaggi percepiscono concetti come alfabeto e ordine delle lettere? Perché fanno fatica a capirsi?

3   Come percepisce le parole scritte Ambanelli? Come le immagina? Come le descrive?

A T T I V I T A'

a   Il ragazzo parla ad Ambanelli usando il "voi" formale, e Ambanelli parla al ragazzo col "tu" informale. Trova le frasi del racconto in cui questo accade e poi riscrivi le frasi del ragazzo usando il "tu" e quelle di Ambanelli usando il "voi".

b   Ambanelli non parla un italiano corretto, e infatti non usa mai il congiuntivo. Correggi queste frasi usando il congiuntivo:

   –   Non capisco perché le hanno messe in ordine così.

   –   Adesso mi sembra che basta, per la mia età.

c   Scrivi una definizione in stile vocabolario delle seguenti parole.

   Esempio: *Foglio*: oggetto di carta su cui si scrive o si disegna.

   Contadino: ....

   Alfabeto: ....

   Firma: ....

   Bolletta: ....

d   Con un compagno/una compagna recita uno dei dialoghi tra Ambanelli e il ragazzo. Prova a immaginare uno sviluppo e un finale diverso dei dialoghi (ad es. Il ragazzo cerca davvero di spiegare l'ordine delle lettere...)

Corrado Alvaro

L'autore e l'opera

Corrado Alvaro nasce nel 1895 a San Luca (Reggio Calabria). Suo padre è un maestro elementare che gestisce una scuola per pastori analfabeti.

Dopo le scuole elementari viene mandato a studiare nel prestigioso collegio gesuita di Mondragone a Frascati. Qui comincia a scrivere le prime poesie. Dopo cinque anni viene espulso perché scoperto a leggere libri considerati proibiti (esperienza che ispirerà il romanzo *L'età breve*, del 1946).

Nel gennaio 1915 viene chiamato come soldato nella Prima Guerra Mondiale; a novembre viene ferito alle braccia (il destro resta danneggiato in maniera permanente). Nel 1916 comincia a lavorare come giornalista per "Il Resto del Carlino". Nel 1918 si sposa con la bolognese Laura Babini, che aveva conosciuto durante la guerra.

Con l'arrivo del fascismo si mette a scrivere articoli contro il regime sotto lo pseudonimo di V. E. Leno. Viene attaccato dai giornali fascisti ma rifiuta di trasferirsi all'estero. In seguito si tiene in disparte dalla politica e fino alla fine del fascismo riesce a lavorare in autonomia ai suoi articoli giornalistici, ai racconti di *Gente in Aspromonte* e al romanzo *Vent'anni*. Vive a Roma ma compie occasionali viaggi nella tua terra, la Calabria.

Corrado Alvaro muore a Roma nel 1956.

Fortuna al gioco

Al centro degli scritti di Alvaro si trova la realtà del mondo del Sud, con la povertà, le sofferenze, ma anche i valori della tradizione. Nonostante le difficoltà, la Calabria di Alvaro appare spesso come una specie di "paradiso perduto". Il suo è uno stile naturalistico e decisamente antiaccademico.

In Fortuna al gioco *troviamo la storia di una ragazza di paese che scopre gradualmente i propri veri bisogni e il suo legame con la natura. La storia è raccontata in prima persona dalla ragazza stessa, segno dell'interesse di Alvaro per la psicologia femminile.*

Il titolo richiama il proverbio italiano "Fortuna al gioco, sfortuna in amore": i personaggi ci credono in maniera quasi superstiziosa, e per questo usano i risultati di una partita a carte per scoprire se sono amati o no. Chi perde è amato, chi vince no.

Mi misi a giocare coi padroni a carte. Quando eravamo sotto le feste, i miei padroni m'invitavano a giocare con loro perché non mi venisse la malinconia in cucina pensando al mio fidanzato. Si giocava a sette e mezzo; anche il ragazzo giocava, anche la nonna, il signore e la signora.

Giusto in quei giorni, sotto le feste, il mio fidanzato non mi scriveva già da un pezzo. Per questo mi misi a giocare: le carte mi avrebbero detta la verità. S'era promesso a un'altra mentre io facevo un po' di dote [1] stando a servizio? Le carte avrebbero rivelato ogni cosa. Noi ci dovevamo sposare appena io avessi raggiunto una certa somma che avevo in testa; ci saremmo messi al campo, avremmo comperate le bestie, [2] saremmo stati bene. Io ero a servizio da dieci anni ed ero una ragazza onesta. Lui era buono. Ma aveva fretta di sposarsi: e specialmente alle feste, specialmente di carnevale, mi scriveva che voleva sposarsi e stare allegro: l'economia l'avremmo fatta quando ci saremmo trovati assieme; tanto si stava allegri una volta sola: diceva che diventava vecchio, che tante giovani andavano a marito, che noi soltanto si restava vuoti. Questo l'aveva scritto l'ultima volta, poi più niente.

1 Dowry

2 Livestock

Per questo mi misi a giocare. Misi cinque lire spicciolate [3] davanti a me, ed ero disposta a perderle. Il signore perdeva come un orcio [4] bucato e non faceva in tempo a rifornirsi [5] di spicci; tanto che alla signora venivano a mente tante storie di gelosia e diventava irritabile. Eppure il signore era un po' vecchio, i suoi capelli grigi ravviati [6] riprendevano la piega [7] dei capelli dei ragazzi, e il suo viso diventava chiaro, come succede quando l'uomo sta per invecchiare che gli torna qualcosa del ragazzo. Egli avrebbe vinto volentieri per non dar pensieri a sua moglie, e invece perdeva. Anche la signora perdeva discretamente, ma per lei non contava.

«Come vince l'Orsolina, come vince!» diceva quella sciocca della padrona. Io sentivo le carte che mi dovevano arrivare. Dicevo: «Ecco il sette. Ecco il re.» E arrivavano come se le chiamassi, come quando si sente che ci capita qualcosa di male. Mi guardavano con quei musi [8] dispettosi, [9] le figure, [10] e le spade [11] mi si conficcavano [12] come i sette dolori. A un certo punto mi misi a sudare: «Certo mi sta succedendo qualche cosa.» Avevo vinto dieci lire. Uno di questi musi, un fantino [13] con la sua insegna dei denari, [14] mi dice: «Il tuo fidanzato ne sposa un'altra.» Quella sera bruciai l'arrosto; e come mi capitò una sottoveste [15] di seta della mia padrona, tirai con tutte e due le mani finché si aprì uno strappo. [16] Dissi alla padrona che lo strappo s'era fatto da sé, ma lei si mise a strillare. [17] Scoppiai a piangere perché avevo bisogno che qualcuno mi parlasse; dissi che al mio fidanzato stava succedendo qualche cosa: tutti divennero buoni e mi consolarono: nelle famiglie c'è ancora un po' di considerazione per gli innamorati. «Ma cosa vuoi che gli sia successo?» «È festa e s'è sposato, ecco tutto.» La signora rise, un sorriso da buona persona, dicendo: «Ma se ha promesso di aspettarti.» Non voleva capire: le signore leggono libri e vanno al cinema dove imparano cose di poco sangue; ma il mio uomo era sano, giovane, voleva stare allegro, e le ragazze dei miei posti non si fanno pregare con troppi discorsi a tira e molla. [18] «Signora, parto; signora vado a vedere di che si tratta. Se è come dico io lo ammazzo senza paura.»

3 In small change
4 Earthenware pot
5 Stock up with
6 Neat
7 Set
8 Faces
9 Spiteful
10 Face cards
11 Swords [*suit in Neapolitan cards*]
12 Were stubbing me
13 Knave
14 Coins [*suit in Neapolitan cards*]
15 Petticoat
16 Rip
17 Shriek
18 Shilly-shallying

1   Chi è la protagonista? Che lavoro fa? Perché vive lontano dal fidanzato?

2   Perché la protagonista è preoccupata per il fidanzato? Che differenze ci sono tra i loro due caratteri?

3   Perché la padrona è arrabbiata col padrone (ricorda il proverbio del titolo)? Che cosa dicono le carte alla protagonista? Come percepisce le figure sulle carte?

4   Che reazione ha la protagonista al risultato delle carte? Che decisione prende?

Non m'importava più di niente e tirai fuori le novanta lire del viaggio. Avevo il cappellino di traverso [19] e la valigia. È giorno di festa. Non c'è quasi nessuno per la strada, le case sono chiuse e si sentono tintinnare [20] i bicchieri e le voci, un buon odore di pulito in tutte le strade mescolato all'odore del vino.

A casa non m'aspettavano ed ebbero quasi paura a vedermi comparire. Stavano a tavola. Io col cappotto, la borsetta, il cappello sugli occhi, la valigia in terra, ero seduta di traverso su una sedia e guardavo il pranzo delle feste, il pranzo d'una volta, tale e quale, e il cappello sugli occhi mi diceva: «Povera sciocca.» Mia madre mi fa: «Levati cotesto spegnimoccolo, [21] e vieni a mangiare anche tu.» Io sentii salire in un singhiozzo [22] tutto l'acerbo [23] della mia vita, e come ero zitella, [24] e sola, senza mai una parola d'uno che ti voglia bene, acida come il lievito. [25] «Non si fanno mica aspettare così gli uomini», mi dice mia madre. «Il tuo fidanzato s'è sposato oggi. Non ci pensare più e mangia.» Maledette carte. Io ebbi soltanto il coraggio di dire: «Che stupido! E io che avevo messo insieme cinquemila lire!» Le sorelle mangiavano e mi guardavano con occhi semplici e senza espressione: ma certo fra di loro pensavano di non far aspettare il loro damo. [26] Io ripresi la valigia e uscii: non ci sarei più tornata.

A quell'ora non c'era nessuno per i campi; ma io mi ricordavo della gente, e dove stava quando lavorava; rivedevo le mie sorelle buttate in terra al tempo della mietitura, [27] e anche me buttata in terra, quando la terra era calda e si odorava dello stesso odore forte e pulito. La sera stessa mi ritrovai in città. Ma non avevo

19 Sideways on
20 Clink
21 Candle snuffer
22 Sob
23 Bitterness
24 Spinster
25 Yeast
26 Boyfriend
27 Harvest time

voglia di fare economia, non avevo più voglia di niente, avevo voglia anch'io di stare allegra. Un uomo mi prese sottobraccio e mi chiese se volevo divertirmi giacché [28] era festa. Lasciai la valigia alla stazione, e dopo un poco eravamo fuori di porta.

28 Since

---

1 Cosa ha scoperto la protagonista sul fidanzato? Qual è la sua reazione? Qual è la reazione della famiglia?

Era tempo d'aprile, faceva già caldo, ma la terra era ancora umida. L'uomo era furbo, e mi portò su un greppo [29] dove era il terreno [30] asciutto. Cominciò ad abbracciarmi e io di sopra la sua spalla guardavo la campagna attorno sotto il lume della luna. «Oh guarda le pecore!» mormorai sotto le sue labbra. Era tutto come una volta. Prima parevano mucchi di pietre lucenti nella luna, ed erano invece le pecore raccolte, bianche, lattate. [31] «Guarda, partoriscono.» [32] Poco più in là due pecore s'erano appartate. Il pastore si distingueva appena, seduto, e così si distinguevano gli alberi, le fratte, [33] le pietre, ma tutto era lo stesso fermo e uguale: nessuno poteva portare aiuto alle pecore che partorivano. E non erano più due, ma cinque, dieci, venti: partorivano nella campagna già grossa. Quest'uomo, che non sapevo come si chiamasse, si voltò. La pecora chinava il muso su un fagottino [34] bianco, e il fagottino era un agnello appena nato, e l'agnello era un grumo [35] bianco rosa di sangue che la pecora andava ripulendo con la lingua. E così dappertutto, come se si accendessero dei focolari. [36] Poi la pecora levava il muso, e guardava tutto attorno, fermo, le stelle, le pietre, gli alberi, il pastore: e non potevano darle aiuto. Si stava bene, ed era tanto bello e sano che io sentivo amore per quell'uomo che non sapevo come si chiamasse. «Guarda, guarda.» La pecora s'era messa come stanno le stelle, orientate per un certo verso, come sta il carro, [37] per esempio, che deve stare così perché lo ha fatto Dio, e aspettava. L'agnello si rizzò [38] pian piano perché era debole, e restò sulle ginocchia delle zampe davanti e con la testa urtò le mammelle [39] della madre. Bene, pensai io, così deve fare; così è combinato e destinato: difatti un rivolo di latte gl'innondò [40]

29 Rise

30 Soil

31 White as milk

32 They are giving birth

33 Thickets

34 Small bundle

35 Clot

36 Fires

37 The Great Bear

38 Stood up

39 Udders

40 Flooded

preciso il muso e lo lavò imbiancandolo tutto. Siccome il latte era buono, l'agnello si levò sulle quattro zampe e si mise a poppare. [41] La pecora stava ferma e fiutava [42] l'aria dolce e le grandi ombre della luna.

Allora io dissi all'uomo che non sapevo come si chiamasse: «Come ti chiami?» Mi disse: «Uhm, Riccardo.» Ma pareva diventato stupido, e stava da una parte; poi mi dice: «Sto male. Tutto questo spettacolo è schifoso.» «Tu sei signorino», [43] gli dico io, «ed è inutile che cerchi una donna. Tu non hai coraggio, non hai sangue nelle vene. E vuoi metterti con una donna, se non riesci a guardare una pecora che partorisce? Va' poverino, va' al cinematografo.» Si rimise il cappello e si riannodò [44] la cravatta, e mi veniva dietro a capo basso, come se gli avessero dato degli scappellotti. [45] Io pensavo che di nuovo sarei andata a servire, e poi, quando avessi avuto denari per comperare delle bestie, allora avrei scelto il mio uomo.

41 Suck
42 Sniffed
43 Squeamish [lit. "Young master"]
44 Retied
45 Slaps

Corrado Alvaro, "Fortuna al gioco",
da: *Opere*, Bompiani 1990

1 Cosa accade in questo passaggio? Cosa vede la protagonista? Che significato ha per lei questa scena? Quali pensieri le vengono? Che emozioni prova?

2 Alla fine la protagonista è arrabbiata con Riccardo: come mai? Che differenza c'è tra i loro modi di vedere la scena delle pecore? Quale decisione finale prende la protagonista?

3 Come ti sembra che la protagonista sia cambiata dall'inizio del racconto? Ti sembra maturata? Cosa ha capito di se stessa, della società e degli uomini?

A T T I V I T À

a Completa le seguenti frasi del racconto con le parole originali:

– Diceva che diventava _____, che tante _____ andavano a marito, che noi soltanto si restava vuoti.

– Quella sera bruciai l'arrosto; e come mi capitò una _____ di seta della mia padrona, tirai con tutte e due _____.

– Prima parevano _____ di pietre lucenti nella luna, ed erano invece le pecore raccolte, _____, lattate.

Adesso trasforma in plurale le parole al singolare, e al singolare le parole al plurale. Una di queste sei parole è irregolare: quale?

b In ognuna di queste frasi una delle parti sottolineate è sbagliata. Quale? Perché? Spiega la regola grammaticale.

 – Io col cappotto, la borsetta, il cappello <u>sui occhi</u>, <u>la valigia</u> in terra, <u>ero seduta</u> di traverso su una sedia e guardavo il pranzo delle feste, il pranzo d'una volta, <u>tale e quale</u>.

 – Cominciò ad <u>abbracciarme</u> e io di sopra <u>la sua spalla</u> guardavo la campagna attorno sotto il lume <u>della luna</u>. "Oh <u>guarda</u> le pecore!"

 – L'agnello <u>si rizzò</u> pian piano <u>perché</u> era debole, e restò <u>sulle ginocchie</u> delle zampe davanti e con la testa <u>urtò</u> le mammelle della madre.

 – Io pensavo che di nuovo <u>sarei andata</u> a servire, e poi, quando <u>avesse avuto</u> denari per comperare <u>delle bestie</u>, allora <u>sono stati</u> il mio uomo.

c Trasforma le seguenti frasi mettendole al discorso diretto.

 – Dissi alla padrona che lo strappo s'era fatto da sé.

 – Dissi che al mio fidanzato stava succedendo qualche cosa.

 – Allora io dissi all'uomo che non sapevo come si chiamasse.

Scegli tre frasi in discorso diretto del racconto e trasformale in discorso indiretto.

d Trova quanti più aggettivi puoi per ognuna di queste parole. Usa anche aggettivi non presenti nel racconto.

Esempio: *Agnello*: bianco, piccolo, carino, debole, giovane...

Fidanzato	Zitella
Carte	Stelle
Cappello	Latte

Con un compagno/una compagna gioca a chi trova più aggettivi per le parole precedenti. Poi scegli una parola del racconto e chiedigli/le di trovare quanti più aggettivi possibile in trenta secondi.

e Immagina che la protagonista incontri l'ex-fidanzato dopo dieci anni. Che cosa è successo nel frattempo? Che cosa si diranno? Inventa il dialogo e con un compagno/una compagna recitalo davanti alla classe.

Giovanni Arpino

L'autore e l'opera

Giovanni Arpino nasce a Lubiana nel 1927, ma si trasferisce presto nella piccola città piemontese di Bra e poi nel capoluogo del Piemonte, Torino. Nel 1951 si laurea in Lettere con una tesi sul poeta russo Esenin. Nel 1952 esce il suo primo romanzo, *Sei stato felice Giovanni*.

Lavora come giornalista sportivo per i quotidiani "La Stampa" e "Il Giornale" e cura per l'editore Rizzoli una serie di libri per ragazzi.

Nel 1958 pubblica il romanzo *Gli anni del giudizio*, dove racconta e analizza la vita di una famiglia di operai. Il libro si concentra in particolare sul rapporto tra la psicologia dei membri della famiglia e l'ideologia comunista del padre.

Nel 1962 vince il prestigioso premio Strega con *L'ombra delle colline*, nel 1969 il Premio Campiello con *Randagio è l'eroe*, nel 1980 con *Fratello italiano*.

La sua esperienza di giornalista sportivo lo spinge a scrivere *Azzurro tenebra* (1974), esperimento forse unico nella letteratura italiana, cioè un romanzo dedicato al mondo del calcio e ambientato in Germania durante i Mondiali del 1974.

Giovanni Arpino muore a Torino nel 1987.

I peccati di Pinocchio

I peccati di Pinocchio si ispira alla storia del burattino com'è raccontata nel libro originale di Collodi piuttosto che alla versione

Disney. Nel film Disney la fata compare sin dall'inizio a promettere a Pinocchio di trasformarlo in bambino. Nel libro di Collodi, invece, Pinocchio è più un avventuriero in cerca di divertimento che un giovane in cerca di redenzione. Infatti, nel libro originale la fata compare solo molto tardi a promettere a Pinocchio di trasformarlo in bambino. Arpino, come molti altri scrittori italiani, preferisce questa versione di Pinocchio e ama immaginare il personaggio più come un burattino folle che come una creatura destinata a diventare un bravo bambino. Questo racconto è infatti una specie di sequel della storia "ufficiale" di Pinocchio.

Tutti erano troppo buoni con lui, da quando era diventato bambino in carne ed ossa, dopo aver subito tante e tante avventure come burattino di legno. Ma Pinocchio non era contento lo stesso, perché diversi compagni di scuola si divertivano a prenderlo in giro, e lo sbeffeggiavano [1] mostrandogli due mani sventolanti [2] all'altezza del naso per ricordargli, appunto, il suo passato di burattino nasuto. Inoltre c'erano i compiti in classe, i compiti a casa, una fila interminabile di doveri. A volte, il povero Pinocchio rimpiangeva [3] di non essere più di legno.

«Con le gambe di legno» si diceva «sarei imbattibile almeno in una cosa, nel giocare a pallone. Pensa ai dribbling che farei. Pensa ai calci che non sentirei.»

E altre volte immaginava: «Con la testa di legno non avrei paura dei pugni di certi compagni maneschi, [4] con le mani di legno potrei picchiarli meglio. Il più forte di tutta la scuola, medaglia d'oro nelle risse [5] e nei litigi. Ah, che peccato...«

Prima di addormentarsi, alla sera, rifletteva ancora: «Con le budella [6] di legno potrei mangiare un quintale di cioccolatini senza timore di alcun mal di pancia. Ah, com'era bello essere di legno. E che scalogna [7] avere queste povere carni, queste fragili ossa...»

Gira e rigira con questi pensieri nel cervello, decise di richiamare la Fata Turchina in aiuto. Ed una notte, dopo molte congetture, qualche lacrima di tremore ma nessun rimorso, tanto la invocò che la vide affacciarsi alla finestra. Ma com'era ridotta, poveretta!

1 Made fun of
2 Waving
3 Regretted
4 Ready with their fists
5 Brawls
6 Bowels
7 Bad luck

Tutto in brandelli [8] il velo, storta [9] e polverosa la bacchetta magica come un ramo secco, bianchi i capelli ed un sorriso che è meglio non descriverlo, fatto qual era di denti finti.

8 In rags

9 Twisted

---

1 Hai letto *Pinocchio* di Collodi? La versione di Arpino ti sembra più fedele al personaggio del film o a quello del libro? Perché?

2 Perché Pinocchio vuole tornare di legno? Approvi le sue motivazioni?

3 Com'è la Fata Turchina? Descrivila con tre aggettivi diversi da quelli del testo.

4 Preferiresti essere un burattino giovane in eterno o un bambino destinato a diventare adulto e responsabile?

«Eccomi qui, caro Pinocchio, e scusa il ritardo perché ti ho sentito appena. È l'età. Ti confesso che sono diventata anche un po' sorda» disse la Fata.

«Sono così infelice» si lamentò Pinocchio.

«Non ti piace essere un bravo bambino?» si stupì la Fata.

«No» rispose Pinocchio piagnucolando con tutte le sue forze per spingerla a compassione. «A parte il fatto che oggi i bravi bambini fanno ridere e non hanno nessuna fortuna, stavo meglio quand'ero di legno. Vorrei tornare di legno. Larice [10] abete [11] noce [12] ciliegio [13] quercia, [14] insomma fa' tu!»

«E i pericoli che hai corso?» gli ricordò la Fata tossicchiando.

«Meglio i pericoli che questa vita così barbosa» [15] fu lesto a rispondere Pinocchio.

«Mah. Beh. Puah. Uhm. Non so» fece pensierosa la Fata: «non so neanche se questa bacchetta magica mi funzioni ancora. Ormai la uso come bastone da passeggio per attraversare gli incroci. Certo è più difficile oggi farti tornare di legno di quanto lo fu un tempo farti diventare bambino. Il legno adesso è materia pregiata, mentre la carne non vale quasi niente...»

«Pròvaci, pròvaci» pregò Pinocchio facendo la vocetta più esile che gli riuscì.

«E va bene» disse la Fata, e dopo un bel colpo di tosse, sette o otto parole magiche, due o tre gesti con la bacchetta, lo toccò tra capo e

10 Larch

11 Fir

12 Walnut

13 Cherry

14 Oak

15 Boring

collo.

«Ecco!» strillò subito dopo, disperata, perché Pinocchio era diventato sì di legno, ma non un burattino come una volta, bensì uno sgabello [16] a tre gambe, ed anche un po' storto.

Pinocchio, che come sgabello non poteva certo parlare, per la paura e la rabbia cominciò a dondolarsi su e giù, battendo la gambetta corta, rimbalzando [17] sulle altre due.

«Calma, calma» disse la Fata lustrando [18] il suo strumento con un lembo [19] stracciato del velo: «Adesso ci riprovo. Devo aver perso l'abitudine, confondo le formule. Ma tu non agitarti, altrimenti mi viene il nervoso e sbaglio tutto».

Pronunciò altre sillabe masticandole [20] tra la dentiera, ancora tossì, allungò la bacchetta e da sgabello Pinocchio si tramutò, rotolando, [21] in una cassapanca. [22]

«Che disastro» sospirò la Fata: «Sono proprio fuori allenamento. Anche una cassapanca mi servirebbe. Quasi quasi...».

Ma la cassapanca-Pinocchio sbatteva il coperchio con tutte le forze, per protestare e invocar soccorso.

«Buono, buono» disse la Fata: «Farò ancora un tentativo. Lasciami lucidare ben bene la bacchetta... E lasciami ripetere adagio la formula magica, qualche sillaba potrebbe essermi rimasta tra i denti, prima. Dunque, vediamo...».

La cassapanca-Pinocchio restò immobile in attesa, mentre la Fata sfregava [23] la bacchetta, borbottava [24] sottovoce, annuiva [25] e poi smentiva con la testa, si grattava, [26] tossiva, tirava su nel naso.

«Pronti» si decise poi la Fata, e ripeté la formula, ripercorse nell'aria i sentieri dei suoi gesti magici, toccò più e più volte la cassapanca con quello sgorbietto [27] di legno.

In un guizzo, Pinocchio fu di nuovo come prima, ma in carne ed ossa e non burattino.

«Meno male» sospirò la Fata, stanchissima, sedendosi con un respiro di sollievo: «Temevo già di non riuscire più a trasformarti in alcun modo. Che razza di mestiere m'è capitato...».

16 Stool
17 Bouncing
18 Polishing
19 Strip
20 Chewing them
21 Rolling
22 Settle
23 Rubbed
24 Muttered
25 Nodded
26 Scratched herself
27 Scribble

1 Secondo te a che genere appartiene questa sequenza? Favola? Parodia? Satira? Tragedia? Giustifica la tua risposta.

2 In quali oggetti la Fata trasforma Pinocchio? Qual è la reazione di Pinocchio?

3 Perché la Fata non riesce a trasformare Pinocchio in un burattino? Inventa una magia per aiutare la fata a risolvere il problema.

4 Che cosa significa secondo te la frase: «Il legno adesso è materia pregiata, mentre la carne non vale quasi niente»?

Strillava invece Pinocchio, pizzicandosi [28] qua e là: «Ma non è successo niente! Sono ancora tutto ossa e muscoli. Che razza di imbroglio [29] è questo? Dov'è finito il mio legno d'una volta?»

«Accontèntati, accontèntati» sospirava la Fata con una voce sottile come il filo d' una ragnatela: [30] «Ci è già andata bene così. Eh, si vede che non ho più i poteri di un tempo. Sii contento del tuo stato, Pinocchietto mio, e accetta il tuo destino».

«Ridammi il mio legno!» urlò Pinocchio.

«Niente da fare» scuoteva la testa la vecchina.

«Qua la bacchetta» tese la mano Pinocchio.

«No. Questo no. Non si può» si oppose la Fata.

«Basta con questa vita barbosa» gridava Pinocchio stringendo i pugni, correndo dal letto alla finestra.

«Non toccare la bacchetta. È pericoloso. Il mondo degli orchi e delle fate dorme, però non stuzzicarlo» [31] pregava la povera Turchina.

Ma Pinocchio èra troppo svelto di mano, con un tuffo rapinoso [32] gliela strappò. Già stava per percuotersi [33] da solo, qua e là, quando la Fata gli si precipitò [34] addosso con tutto il suo corpicino gracile e senza peso. Pinocchio, seppur involontariamente, la colpì.

Subito si levò un lungo fumo blu, che appena si dissolse lasciò davanti a Pinocchio, pentito e frastornato, [35] un alberino secco secco, fatto di nodi e rametti senza colore, senza una bacca, [36] una foglia, un frutto.

Pinocchio si inginocchiò senza più forza, balbettando parole che non avevano senso. E giurava. [37] Di innaffiare [38] quell'alberino per tutta la vita, non con acqua normale, ma con le sue lacrime. Di

28 Pinching himself
29 Swindle
30 Cobweb
31 Don't disturb it
32 Ravening dive
33 Hit himself
34 Hurled herself
35 Dazed
36 Berry
37 He swore
38 To water

accudirlo [39] durante gli inverni, non con paglia [40] protettiva e cellophane, ma con il suo stesso fiato. Di attendere, per anni e secoli, il frutto che da quei rametti sarebbe spuntato, un germoglio qualsiasi, al quale avrebbe dedicato mille attenzioni.

Era lì, seduto a terra, davanti al fantasma dell'alberino senza nome, quando udì fischiare sotto casa. Si affacciò, vide un compagno di scuola nell'ombra del lampione.

«Cosa è successo?»

«Abbiamo combinato una spedizione notturna. C'è da divertirsi, stavolta. Hai soldi?» sussurrò [41] l'altro con le mani intorno alla bocca.

«Spiccioli» [42] rispose Pinocchio, ancora confuso.

«Beh, possono bastare. Ci sono anche delle ragazze. E una moto. Vieni o no?»

Pinocchio fece dondolare la bacchetta che ancora teneva in mano. Non aveva funzionato per il legno, ma forse con la carta moneta... [43]

«Sai, stasera è venuta la Fata, e allora...» cercò di prender tempo sporgendosi dal davanzale. [44]

«Bravo tu. Le fate son qui dietro l'angolo. Cosa fai con quello stecco in mano? Ti sbrighi? Dimmi. Non abbiamo tempo da perdere» si arrabbiò l'altro di sotto.

Pinocchio sentì il cuore che gli batteva con ansie e speranze e desideri anche troppo accesi. L'avessi di legno — l'attraversò un lampo nel cervello — saprei resistere, ma così, così...

«Forza» alzò la voce il compagno dal marciapiede.

Pinocchio gettò la bacchetta sotto un vecchio armadio.

«Vengo, Lucignolo» rispose: «Dove hai detto che andiamo?»

E guardò nella notte di polvere e carbone.

39 Look after it
40 Straw
41 Whispered
42 Small change
43 Paper money
44 Windowsill

Giovanni Arpino, "I peccati di Pinocchio",
da: *Un gran mare di gente: Tutti i racconti*, Rizzoli, 1981

1 Quando è ambientata la storia? Nel 1883 (*Pinocchio* di Collodi), 1940 (*Pinocchio* di Disney) o nell'Italia contemporanea? Da cosa lo capisci?

2 Cosa fa Pinocchio alla Fata? Lo consideri responsabile della trasformazione? Come reagisce Pinocchio?

3   Come si comporta Pinocchio davanti alle tentazioni di Lucignolo? Che mezzi usa Lucignolo per convincere Pinocchio?

4   Come credi che continui la serata di Pinocchio? Inventa un breve seguito della storia.

A T T I V I T À

a   Trova sei imperativi (positivi o negativi) nei dialoghi del racconto e inseriscili nella seguente tabella. Poi completa con le forme mancanti come nell'esempio.

TU positivo	TU negativo	VOI positivo	VOI negativo
Pròvaci	Non provarci	Provateci	Non provateci

b   Ricordi in quali punti del testo si trovano queste parole? Mettile nell'ordine in cui compaiono nel testo.

Spiccioli   Noce   Budella   Moto   Cassapanca

c   In ognuna di queste liste di parole del racconto c'è un elemento "intruso". Qual è? Perché?

–   Vecchio, polveroso, secco, sano, stracciato.

–   Abete, fragola, noce, ciliegio, quercia.

–   Cassapanca, sgabello, bastone, alberino, moto.

d   Con un compagno/una compagna recita uno dei dialoghi del testo cambiando la storia in maniera personale. Ad esempio, forse ora la Fata vuole che Pinocchio rimanga una cassapanca, oppure riesce davvero a trasformarlo in un burattino, etc.

e   Confronta e descrivi queste tre immagini di Pinocchio.

Quali sono le differenze fisiche fra i tre Pinocchi? Quale ti piace di più?
Perché? Quali dettagli vorresti cambiare? Quale versione credi sia più
simile a quella di Arpino?

Giuseppe Pontiggia

L'autore e l'opera

Giuseppe Pontiggia nasce nel 1934 a Como. Il padre banchiere gli trasmette fin da subito la passione per i libri e l'amore per lo studio. Dopo la morte del padre, Pontiggia si sposta a Milano (1948) e dopo aver finito il liceo con due anni d'anticipo entra a lavorare in una banca. L'esperienza (che non gli piace affatto) lo spinge a scrivere il romanzo autobiografico *La morte in banca* (1953). Elio Vittorini legge il testo e incoraggia Pontiggia a continuare a scrivere.

Lascia la banca nel 1961 e inizia a insegnare nelle scuole serali, avendo così tempo da dedicare agli studi e alla scrittura. Si sposa nel 1963. A metà degli anni '60 comincia a collaborare con l'editore Adelphi e in seguito con Mondadori. Oltre a comporre romanzi e racconti scrive anche eleganti saggi di critica letteraria su autori sia antichi che moderni e contemporanei.

Il suo romanzo più celebre resta l'ultimo, *Nati due volte* (che vince il Premio Strega nel 2001), dedicato al doloroso tema dell'handicap.

Giuseppe Pontiggia muore a Milano nel 2003.

Viaggio di ritorno

La narrativa di Pontiggia descrive spesso la società contemporanea con ironia, ma anche con un tocco di amarezza, come se l'autore si rendesse conto che l'ironia può descrivere ma non cambiare le situazioni presenti. In Viaggio di ritorno *ci troviamo precisamente in questo contesto: un giovane che lavora in una casa editrice deve ottenere un permesso di pubblicazione da una vedova, anche a costo di ingannarla. Il cinismo e l'astuzia del giovane sembrano rappresentarlo come personaggio crudele, ma in realtà si capisce che anche lui sta solo obbedendo agli ordini del suo editore. E forse anche la vedova vuole essere ingannata...*

Il suo compito era questo: ottenere dalla vedova dello scrittore l'autorizzazione a pubblicare il diario dello scomparso. Si sussurrava che la riluttanza di lei fosse dovuta a ragioni private, perché forse il defunto [1] aveva vissuto, dopo i sessantotto anni, una storia d'amore. Il diario alludeva, con la iniziale A, a una donna amata e si poteva ragionevolmente escludere che si trattasse della moglie. La scrittura, minuta e chiara, lasciava trasparire incontri al caffè, sorrisi, attese, immagini di una felicità tardiva e ansiosa. Un amico di famiglia, dopo averlo letto, aveva alzato gli occhi sulla vedova e annuito [2] con un sospiro, non si capiva se di solidarietà con lei o con il defunto. Ne aveva poi accennato all'editore, socchiudendo gli occhi, con pause piene di tatto. E l'editore aveva pensato che inviarle in avanscoperta [3] un redattore giovane e sconosciuto non pregiudicava ulteriori tentativi e forse poteva dare qualche frutto. Congedandolo gli aveva detto: «Soprattutto lascia parlare lei. Chi ha vissuto con uno scrittore non immagini come ne ha bisogno».

Ripensava a queste parole mentre l'ascensore lo trasportava al sesto piano. Uscì su un pianerottolo [4] ampio. Si toccò il nodo della cravatta e suonò alla porta di destra. Una donna minuta, scarna, [5] aprì quasi subito. Mormorò: «Lei è Carlini, vero?» «Cardini, signora» rispose lui, inchinandosi [6] leggermente. «Oh, mi scusi!» esclamò la donna, scostandosi per farlo entrare. «Mi sbaglio sempre con i nomi.»

Lo precedette in uno studio in penombra, il pavimento ricoperto da tappeti e le pareti da librerie a vetri che salivano fino alla cornice del soffitto. Aprì le persiane scorrevoli della finestra e una striscia di luce, filtrando il pulviscolo, [7] divise la stanza. Lei si sedette dietro una scrivania, e gli indicò una poltrona di cuoio nero. «Come è

1 Deceased
2 Nodded
3 On reconnaissance
4 Landing
5 Gaunt
6 Bowing
7 Fine dust

giovane!» mormorò disorientata, mentre lo guardava sedersi. «Ma lei conosceva mio marito?» «No signora. Mi dispiace. Però conosco i suoi libri. Qualcuno, almeno.» «Ah sì?» Continuava a osservarlo con una trepidazione delusa: «E quali?» Lui allargò le braccia: «L'ultimo, *Destinazione ignota*. Mi è piaciuto molto.» «Già» annuì lei. Dopo una pausa aggiunse: «Pensi che era convinto fosse un libro sbagliato. A cominciare dal titolo, lui voleva chiamarlo *Viaggio di ritorno*. Però l'editore gli disse che era un titolo malinconico. Lei cosa ne pensa?» Lui rifletté, poi abbassò la testa: «Forse è meglio *Viaggio di ritorno*». «Anch'io lo preferisco, vede» assentì lei. «Però è difficile dimostrare agli editori che sbagliano, perché non c'è la controprova. [8] E loro sono abituati a darsi ragione da soli. Ma anche per questo diario, non so se l'abbiano.» Lui rialzò la testa. «Non credo che volesse pubblicarlo» continuò lei. «Altrimenti non me lo avrebbe tenuto nascosto. L'altro che ha pubblicato lo lasciava sulla scrivania.» «E lei lo leggeva?» «Certo, a volte gli indicavo dove non mi pareva convincente, spesso lo correggeva.» «Strano» disse lui perplesso. «Correggere un diario.» «Perché?» lei guardava davanti a sé. «Per lui era normale. Diceva che la sincerità è come il salto in alto, è una vittoria su se stessi, sulla forza di gravità. Perciò si ha bisogno di energia, di immaginazione e mi chiedeva di aiutarlo.»

8   Countercheck

---

1   Qual è la difficoltà nel pubblicare il diario dello scrittore? Perché la vedova non è d'accordo? Perché l'editore manda un redattore giovane?

2   Cosa pensa la vedova del protagonista?

3   Che tecniche usa il protagonista per cercare di conquistare la simpatia della vedova?

4   Se tu fossi il protagonista, avresti accettato questo incarico? Perché? Come cercheresti di convincere la vedova?

«E per questo ultimo?» «No» rispose lei ritraendosi [9] e appoggiando le mani sui braccioli. [10] «Lo teneva sempre chiuso nel cassetto.» Fece per aggiungere qualcosa, ma poi si trattenne [11] e si limitò a dire: «È così. Comunque abbiamo sempre cercato di parlarne, non

9 Moving back
10 Arms
11 Stopped herself

di tacere». Lui esitò, poi con voce più bassa le chiese: «E invece in ultimo le sembrava un po' diverso?» «Sì» guardò verso la finestra. «Nel diario allude a qualcosa di preciso?» «No, non lo faceva quasi mai» rispose con vaga insofferenza. «Diceva che la linea più breve per collegare due punti non è una retta, [12] ma una curva. Si figuri se era diretto nello scrivere.» Lui scosse la testa: «Bisognerebbe leggerlo.» Lei lo guardò con un interesse inquieto. «Perché?» «Perché un diario così va interpretato. E forse un estraneo si trova in una posizione più favorevole.» Lei continuava a guardarlo, le mani allacciate. «Ne sono convinto, signora.» Aggiunse: «Potrebbe essere una verifica dall'esterno.» Lei esitava, ma a un tratto disse: «Ora glielo mostro.» Estrasse dal cassetto centrale della scrivania due quaderni neri, legati [13] con un elastico. [14] Disse: «Legga il primo qua e là. E mi dica la sua impressione immediata, senza riflettere.» Le pagine a quadretti [15] erano gremite [16] di una scrittura in inchiostro verde. «Dimentichi il problema della pubblicazione, mi dica quello che ne pensa» insisteva lei.

Lui aveva già incominciato a leggere. «La vide in fondo a una scala, nel buio di un cinema, e poi che gli stringeva il braccio in via Meravigli, dimmelo, sorrideva, non ha importanza, perché fai sogni angosciosi, [17] il balcone sul lago, amore, un posto così bello, non credo di sbagliarmi, capisci tante cose, a lungo senza parlare, il suo sorriso nel finestrino del treno.»

Lui fissava un'anfora ricamata [18] sul tappeto, tra le sue scarpe.

«Mi sembrano immagini vaghe» disse. «Appunti.» Lei lo osservava dietro la scrivania. «Appunti?» «Sì, signora.» «Appunti di che genere?» «Narrativi. Vede, ad esempio, quante volte ricorre un costrutto [19] tipico, *lei che dice, io che rispondo*, come se immaginasse, scorciandole, [20] certe scene. Non le pare?» «Non lo so» esitava. «Legga ancora.»

«Essere se stesso, non un altro più giovane, mentire, dono celeste, quello che ho sempre temuto, quanto tempo davanti, la salita fino al paese, il bosco.»

Si fermò e la pagina divenne un reticolo [21] di linee verdi.

«È molto bello» disse. «È un viaggio fantastico.»

12 Straight line
13 Held together
14 Rubber band
15 Squared
16 Crammed with
17 Harrowing
18 Embroidered
19 Construction
20 Shortening them
21 Network

1   La vedova ti sembra ora più o meno diffidente? Il protagonista ti sembra più o meno sicuro di sé? Come cambiano i rapporti tra i due?

2   Come descriveresti lo stile del diario?

«Guardi,» aggiunse «c'è un altro costrutto tipico dell'appunto narrativo, *ricordare, ricordare lei alla stazione, ricordare l'albergo sul lago...*» Lei lo interruppe: «Ma *ricordare* si riferisce di solito a una esperienza vissuta, per non dimenticarla.» «Sì» ammise lui. «Questo è vero. Però, anche se è un'ipotesi possibile, non è la più probabile. Usa il modo imperativo troppe volte, come se volesse fissare le immagini prima che gli sfuggano. Suo marito aveva in mente un altro romanzo?» «Sì» lei si rianimò. [22] «Me ne parlava qualche volta. Una storia d'amore, un uomo anziano. Diceva che era apparentemente banale, e perciò interessante.»

«Banale?» le chiese. «Sì, ma solo nel senso di comune, di frequente. Provi a guardare anche il secondo quaderno.» «Il lago di Pusiano, la terrazza con il pergolato, arriva tutto tardi, mai avrebbe pensato, quale senso, lei che ripete, all'angolo di via Petrella, domani.» Quando terminò di sfogliarlo rimase pensieroso.

Poi disse: «Vede, non solo non è un diario nel senso comune del termine, ma probabilmente non è neanche un quaderno di appunti.» «E che cos'è allora?» Lui rifletteva. «Non lo so bene» rispose. «Mi sembrano come scene già scorciate, fotogrammi, sequenze brevissime. Anche il taglio è curioso, è a metà strada tra il promemoria [23] e l'invenzione.» Lei lo ascoltava senza muoversi. «Forse suo marito all'inizio pensava a degli appunti per un romanzo, ma poi questi appunti si disponevano in un modo già definitivo.» La guardò e aggiunse: «Infatti la costruzione tiene, la lettura prende.» «Sì» disse lei. «E questo potrebbe spiegare perché non glielo lasciava leggere come il diario.» «Perché?» «Perché appunto non era un diario letterario. Era probabilmente una forma nuova, che andava scoprendo a mano a mano e che aspettava a mostrarle. Infatti io non lo pubblicherei come diario.» Lei alzò il viso: «E come?» «Io lo pubblicherei come uno scritto autonomo, insieme ad altri inediti.» Lei taceva. Le chiese: «Non le pare,

22 She took heart

23 Memorandum

signora?» «Già» mormorò. «Si può pensarci.»

Uscendo sulla strada, nel tramonto afoso, [24] tra passanti e automobili, lungo le corsie [25] del viale, si arrestò come smarrito sull'orlo del marciapiede, finché vide una tabaccheria sull'angolo. Entrò in un corridoio invaso da persone e facendosi largo [26] in un frastuono [27] di voci si diresse al telefono appeso al muro.

«È andata bene!» avvicinò la bocca al microfono. «Credo che ci darà la fotocopia.» «Come hai fatto?» gli chiese l'editore. «Le ho detto che non era un diario, ma una specie di viaggio fantastico.» «E lo era?» «No, mi sembrava una cosa vera.» Guardò, vicino al suo, il viso rugoso di un uomo anziano, le braccia incrociate, [28] che aspettava di telefonare. «Come hai detto?» «Era un amore vero.» «Ah» disse l'altro. Dopo una pausa aggiunse: «Ho capito. Ci vediamo domani. Ciao. Sei stato bravo.» «A domani» rispose.

Quando riappese [29] il telefono, chiuse un attimo gli occhi, soddisfatto, scontento, turbato. [30] Vedeva lei nelle varie immagini e poi lui.

«Ha finito?» gli chiese l'uomo alle sue spalle.

«Sì» rispose voltandosi. «Ho finito.»

24 Hot
25 Lanes
26 Making his way
27 Hubbub
28 Crossed
29 He hung up
30 Upset

Giuseppe Pontiggia, "Viaggio di ritorno",
da: La morte in banca: un romanzo breve e sedici racconti, Mondadori, 1991

1 Come fa il protagonista a convincere la vedova? Al successo lavorativo corrisponde anche la soddisfazione personale? Perché il narratore si sente «soddisfatto, scontento, turbato»? Spiega questa contraddizione.

2 Quali credi che siano le emozioni della vedova davanti al discorso del protagonista?

A T T I V I T À

a Spiega in italiano il significato delle seguenti parole o espressioni.

avanscoperta	controprova
scorciare	a mano a mano
rugoso	afoso

b   Cerca nel racconto parole o espressioni che non conosci e chiedi a un compagno/una compagna se sa spiegarle.

c   Trova l'infinito dei seguenti verbi.

estrasse	alludeva	allargò
annuito	pubblicherei	riappese

d   Individua nel racconto le seguenti frasi:

«Diceva che la sincerità è come il salto in alto, è... »

«Usa il modo imperativo troppe volte, come se volesse...»

Come finiscono nel testo originale?

Inventa altre maniere di finire queste frasi.

e   Basandoti sul testo del racconto, collega i sostantivi della colonna di sinistra agli aggettivi più adeguati.

a Tramonto	1 Tardiva
b Cuoio	2 Vissuta
c Felicità	3 Rugoso
d Scrittura	4 Afoso
e Viso	5 Minuta
f Esperienza	6 Vero
g Amore	7 Nero

f   Scegli uno dei brani di "appunti" dello scrittore e riscrivilo in forma distesa e grammaticalmente corretta. Può essere che tu debba inventare nuovi dettagli e passaggi.

Es.: «dimmelo, sorrideva, non ha importanza, perché fai sogni angosciosi...» = «Lui disse: "Dimmelo." Lei sorrideva. Rispose che non aveva importanza. Lui le chiese: "Perché fai sogni angosciosi?..."»

g   Con un compagno/una compagna inventa un'intervista di un giornalista allo scrittore del diario. Poi recita l'intervista davanti alla classe.

Dacia Maraini

L'autrice e l'opera

Figlia dello scrittore ed etnologo Fosco Maraini, Dacia Maraini nasce a Fiesole (provincia di Firenze) nel 1936. Per sfuggire all'Italia fascista la famiglia Maraini si trasferisce in Giappone dal 1938 al 1947, ma finisce in un campo di concentramento (1943-46) per non voler riconoscere il governo militare giapponese.

Dal 1962 al 1983 è la compagna dello scrittore Alberto Moravia, che segue nei suoi viaggi attorno al mondo (Cina, Corea, Giappone...).

Nel 1962 esce il suo primo romanzo, *La vacanza*. Altri suoi libri importanti sono *La lunga vita di Marianna Ucrìa* (1990), *Voci* (1994) e *Buio* (1999 — libro molto intenso sulla violenza sui minori). Scrive anche raccolte di poesie, tra cui ricordiamo *Mangiami pure* (1978), dedicata alle sofferenze della prigionia in Giappone.

Dacia Maraini si occupa molto anche di teatro: negli anni Sessanta fonda il Teatro del Porcospino assieme ad altri scrittori; nel 1973 fonda il Teatro della Maddalena, gestito da sole donne, dove mette in scena un suo testo famoso, *Dialogo di una prostituta con un suo cliente* (1978). I suoi testi teatrali sono un'occasione per analizzare e mostrare in maniera diretta i problemi della società contemporanea.

Attualmente risiede a Roma.

La ragazza e il robot

Questo racconto è un raro ma importante esempio di fantascienza italiana. La tradizione italiana possiede molti casi di narrazioni fantastiche ma pochi propriamente fantascientifici (probabilmente per il tardivo sviluppo tecnologico e scientifico italiano rispetto a paesi come Inghilterra e Stati Uniti). In questa storia, la tecnologia viene rappresentata come pericolosa per gli individui e per l'espressione dei sentimenti. Il futuro viene così descritto come una "utopia negativa" nella tradizione di Huxley, Orwell e Bradbury.

Diana stava ancora dormendo quando il robot venne ad aprire le finestre: «come è sgraziato!» [1] si disse spalancando [2] gli occhi. Tirava le tende con uno strappo unico, frettoloso e violento.

«Latte e biscotti come al solito?» sentì che diceva la voce meccanica. Diana odiava quella voce per quel tanto di umano che aveva. Non si potrebbe inventare una voce-macchina senza inflessioni? pensava. Quella voce assomigliava troppo alla voce di un uomo senza averne la morbidezza. Era il prodotto di una selezione chimica; lo sapeva. Una elaborazione elettronica la controllava ogni mattina perché durasse fino a sera con la stessa intensità che la rendeva il più possibile simile ad una voce umana.

Diana entrò in bagno seguita dal docile robot che strisciava [3] sul pavimento come una lumaca senza rumore. Per lo meno in questo non assomigliava ad un umano e gliene era grata.

Si fece la doccia selezionando tra i profumi quello chiamato «gelsomini [4] della Siria». Ma appena sentì il vapore sulla pelle storse il naso. [5] Era talmente artificiale quel profumo di gelsomini. Si rifiutava di credere che i gelsomini veri avessero quel fondo acido acuto che trapassava [6] le narici. [7] Eppure lei non aveva mai annusato un gelsomino vero. Ce l'aveva stampato sul suo libro di plastica, l'aveva visto sugli schermi, ma mai dal vero.

Era un miracolo chimico anche quello: conservare il profumo di un fiore scomparso [8] da secoli!

1 Ungraceful
2 Opening wide
3 Crept
4 Jasmine
5 Turned up her nose
6 Pierced
7 Nostrils
8 Disappeared

9 To squeak

10 Joints

Il robot le porse l'asciugamano che però non era scaldato a dovere. «Che fai dormi» disse automaticamente Diana. Ma il robot non rispose. Fece cigolare [9] un poco le giunture [10] mentre si chinava a raccogliere il tappetino ripiegandolo sul bordo della vasca.

1 Come descriveresti l'atmosfera del racconto? Dove e quando si svolge la storia?

2 Qual è il rapporto tra la ragazza e il robot? Cosa pensa la ragazza del robot ?

Nell'infilarsi le scarpe termofore sentì la voce del robot che diceva «dieci minuti alle otto, dieci minuti alle otto». Diana alzò la testa e gli fece una smorfia. [11] Gli occhi di vetro si girarono da una parte come se non volessero guardare. Odiava quegli occhi che sembravano guardare e non vedevano che ciò che dovevano guardare. Tutto era fatto per dare l'illusione della realtà: una persona che serve e tiene compagnia. Ma poi era sola come tutti, chiusa nella piccola cella del grande alveare [12] meccanico.

Alle nove in punto il robot le mise davanti lo schermo rotante e lei cominciò il suo lavoro: studiare i microfilm e incasellare [13] le notizie che riguardavano l'anno 1986.

Come le sembrava lontano quell'anno! Riguardava la giovinezza della sua bisnonna. Una donna dai capelli biondi, fini, gli occhi infossati [14] nelle orbite. [15] L'aveva vista in fotografia. Assomigliava un poco a lei, ma aveva qualcosa di antico nello sguardo. Una luminosità come quella non l'aveva mai vista nelle facce da lei conosciute.

Mentre lavorava al microfilm si accorse che uno dei teleschermi della camera da letto era rimasto aperto. Si alzò per andare a chiuderlo. Avrebbe potuto chiamare il robot ma preferì farlo da sola e muoversi un po'. Passando davanti alla cucina sentì il rumore dei piatti sbattuti nel lavello e sorrise fra sé.

11 Grimace

12 Beehive

13 Pigeonhole

14 Deep-set

15 Eye-sockets

Stava per chiudere l'interruttore quando fu catturata da un paesaggio dai colori teneri. Ne fu affascinata. Rimase lì incantata a guardare le immagini che scorrevano con dolcezza davanti ai suoi occhi. Un bosco dagli alberi gonfi. Le ombre compatte trapassate da lame ciondolanti [16] di luci. Per un momento sentì una nostalgia acuta. Che desiderio di conoscere un bosco!

La sua bisnonna, che si chiamava Diana come lei, forse aveva conosciuto i boschi, gli ultimi boschi rimasti. Ora rimanevano solo le immagini sullo schermo. Chissà cosa si provava ad aggirarsi [17] in un bosco fra i profumi di muschio e ronzio [18] di api! E sentire un uccello cantare dal vivo, chissà che dolcezza! Gli uccelli erano tutti morti nell'ultima guerra nucleare. E comunque non avrebbero potuto sopravvivere dentro quelle bolle di vetro, in quel paesaggio di cemento e plastica, fra profumi artificiali, aria chimicamente riprodotta.

Si voltò e lo scoprì dietro di sé, il robot, come se fosse paralizzato dal disordine imprevisto di quella mattina. La stava fissando con i gelidi occhi di vetro senza dire una parola.

Diana rise. Le sembrò buffo quel suo stare lì come preso dal dubbio, anche se sapeva benissimo che si trattava solo di un ingorgo [19] di impulsi elettrici.

«Vogliamo metterci il casco?» lo sentì dire e pensò che avesse sbagliato ordine. Rise ancora e questa volta apertamente. Ma la voce continuò imperterrita [20] «Vogliamo metterci il casco per favore, vogliamo metterci il casco Diana?» Era strana l'incongruenza fra il tono mondano, invitante della voce e la meccanicità ripetitiva dell'ordine autoritario.

16 Dangling
17 Wander about
18 Buzzing
19 Blockage
20 Unperturbed

1 Come si chiama la protagonista? Qual è il suo lavoro? Cosa pensa della bisnonna?

2 Cosa succede con lo schermo in camera? Cosa pensa la ragazza del passato? Qual è la reazione del robot?

3 Come definiresti in tre aggettivi la figura del robot e il suo comportamento?

Capì che non aveva sbagliato ordine quando sentì il sibilo del soffitto che si apriva sopra la sua testa. Fra poco si sarebbe trovata senza aria. Doveva correre a mettersi il casco respiratorio. Il robot la prevenne porgendole [21] il casco con tutti i fili e i tubi che

21 Handing her

pendevano. [22]

Diana lo indossò incastrando [23] i tubi fra di loro. Appena chiuse il fermaglio [24] cromato sentì l'ossigeno entrarle prepotente nei polmoni.

Il robot intanto le accese i motori della macchina. Lei si infilò nel cubicolo di vetro. Il tetto si richiuse con un soffio. [25] La macchina partì con uno sbuffo. [26] Diana guidò in mezzo alle torri di plastica dalle mille luci. Il suo piccolo velivolo andò a posarsi come una libellula [27] sulla piazzola sospesa della zona uffici.

Sapeva che doveva andare ai controlli. Il robot le aveva segnato l'indirizzo sul cruscotto [28] luminoso. Conosceva anche il tipo che avrebbe incontrato: un uomo dalla testa pelata e gli occhi penetranti. L'aveva già visto altre volte per altri richiami all'ordine.

«Ah, Diana BS2, eccola un'altra volta qui. Cos'è che non va?»

«Non lo so. È il mio robot che mi ha dato l'incarico di venire da lei.»

«Aspetti che guardo la sua scheda... ah sì, hmm... lei è in ritardo col lavoro. Pensa di avere qualche malattia? Posso mandarla dallo psicoelettronico se vuole, ce n'è uno libero alla sala due.»

«No, sto benissimo. È che qualche volta mi distraggo.»

«Forse ha bisogno di un accoppiamento. [29] C'è libero un BS92. È anche in un momento fecondo. Le interessa?»

«No grazie.»

«Beh, allora bisogna che si metta in sesto [30] col lavoro. Non può trascurarlo. [31] Altrimenti dovremmo ridurre la sua razione di aria. O potrebbe finire in una missione su Marte.»

«Sono già stata su Marte, preferirei non tornarci. Ho quasi perso la vista in mezzo a quelle tempeste di zolfo.» [32]

«La distrazione non è ammessa da noi, lei lo sa. Se c'è qualche macchina che non funziona lo dica, le mandiamo il tecnico. Ma perdere tempo a guardare i boschi no.»

Quella spia! pensò Diana, ha già riferito dei boschi.

«È che volevo vedere come viveva la mia bisnonna nel 1986.»

«Le curiosità storiche le lasci agli specialisti. Lei si occupi delle schede.»

22 Hanging from it
23 Fitting in
24 Clasp
25 Breath
26 Puff
27 Dragonfly
28 Dashboard
29 Mating
30 Catch up
31 Neglect it
32 Sulfur

Diana rientrando a casa ebbe voglia di prendere a calci il robot, ma pensò che a farsi male sarebbe stata solo lei e ci rinunciò.

Dacia Maraini, "La ragazza e il robot", da: *Monna Vanna e monna Lagia: brevi racconti inediti di 31 scrittrici italiane contemporanee*, Edizioni del Girasole, 1995

1 Com' è il controllore? Cosa vuole da Diana? Come ha saputo della trasgressione di Diana?

2 Che minacce usa il controllore con Diana? Che cosa le propone per risolvere il problema?

3 Qual è il vero rapporto tra Diana e il robot? Chi comanda chi? Chi serve chi?

4 Cosa pensi che farà Diana dopo essere tornata a casa?

ATTIVITÀ

a **Immagina delle definizioni in stile dizionario di questi elementi del racconto.**

Esempio: *Robot*: macchina simile a un essere umano, usata per lavori faticosi o noiosi.

Schermo rotante: ....

Scarpe termofore: ....

Psicoelettronico: ....

b **Completa con le parole corrette le seguenti frasi.**

– Ma appena sentì il vapore sulla pelle storse _____.

– Assomigliava un poco a lei, ma aveva qualcosa _____ nello sguardo.

– _____ erano tutti morti nell'ultima guerra nucleare.

– Il suo piccolo velivolo andò a posarsi come _____.

c **Riscrivi il dialogo tra Diana e il controllore usando prima il "tu" informale e poi il "voi" formale.**

d   Scrivi cinque frasi ispirate al racconto usando il periodo ipotetico.

Esempio: Se Diana prendesse a calci il robot, si farebbe male.

Trasforma le tue frasi in domande e falle a un compagno/una compagna.

Esempio: Cosa succederebbe se Diana prendesse a calci il robot?

e   Il racconto formula un'ipotesi molto cupa sul futuro dell'umanità e sul ruolo della tecnologia. Discuti con un compagno/una compagna se secondo te accadrà qualcosa di simile a quanto dice il racconto, o se la tecnologia in futuro migliorerà la qualità della vita. Potete provare a discutere tesi opposte e a convincervi a vicenda.

f   Secondo te, quali delle seguenti invenzioni saranno possibili in futuro? Pensi che miglioreranno la vita umana? Discutine con un compagno/una compagna.

– Intelligenza artificiale

– Prolungamento della vita media fino a duecento anni

– Clonazione umana

– Viaggi oltre la velocità della luce

– Viaggi nel tempo

Stefano Benni

L'autore e l'opera

Stefano Benni nasce a Bologna nel 1947. Nel corso della sua carriera, collabora con il quotidiano "Il Manifesto", con il settimanale satirico "Cuore" e con il settimanale "Panorama".

Nel 1976 pubblica il suo primo libro, *Bar Sport*, e da lì inizia una serie di produzioni di eccezionale varietà. Nel 1981 pubblica la raccolta di poesie *Prima o poi l'amore arriva*, nel 1983 il romanzo *Terra!*, nel 1984 il libro illustrato *I meravigliosi animali di Stranalandia*, nel 1987 la raccolta di racconti *Il bar sotto il mare*, dove sperimenta generi e stili differenti. Nel frattempo scrive opere di teatro (*La misteriosa scomparsa di W, Pinocchia*) spesso recitate dalla nota attrice Angela Finocchiaro.

Nel 1989 dirige il film *Musica per vecchi animali* (tratto dal proprio libro *Comici spaventati guerrieri*), una storia surreale in cui recitano cantanti italiani (Francesco Guccini), comici (Paolo Rossi) e il futuro premio Nobel Dario Fo.

Appassionato di jazz, Benni crea uno spettacolo di poesia e musica jazz (*Sconcerto*, 1998) e un omaggio a Thelonius Monk (*Misterioso*, 2002). Dal 1999 cura la consulenza musicale del festival jazz di Roccella Jonica.

Ha anche scritto e disegnato fumetti per l'"Albo Avventura" della Feltrinelli.

Artista poliedrico, Stefano Benni è probabilmente il maggiore umorista italiano vivente; con il suo spirito surreale e il suo tono leggero ha saputo ridicolizzare i vizi e le ipocrisie dell'Italia degli ultimi decenni.

Arturo perplesso davanti alla casa abbandonata sul mare

Questo racconto non è satirico ma rappresenta un aspetto fondamentale dell'opera di Benni: l'infanzia. L'innocenza dei bambini e la schiettezza dei loro sentimenti rappresentano per Benni una maniera di guardare al nostro mondo da un punto di vista nuovo, deformante eppure realistico. La fantasia e l'innocenza dei bambini sembrano spesso, in Benni, l'unica via di fuga da certe assurdità che egli osserva nel mondo contemporaneo.
Si noti come per Benni infanzia ed età adulta possono collaborare efficacemente: il racconto incomincia con la citazione colta di un autore brasiliano, ma si sviluppa tutto dal punto di vista dell'infanzia.

Le persone non muoiono,
restano incantate
(João Guimarães Rosa)

Il bambino col costume [1] blu aveva camminato per almeno un chilometro di spiaggia. Adesso era fermo davanti a quella casa con tutte le porte e finestre chiuse. Non c'erano i giocattoli di Maria in giardino. Non c'era più l'amaca tra i due alberi. Il bambino si girò allora verso il mare, che era calmo e viola, e si mise a sedere. Disegnava con un bastoncino nella sabbia, per non pensare. La bambina sbucò [2] all'improvviso da dietro una cabina. Lanciò un urlo che nelle sue intenzioni era terrificante.

-Preso!

-Scema- disse il bambino, contento.

Lei prese la rincorsa, [3] saltò e atterrò con una scivolata [4] sui talloni, [5] riempiendolo di sabbia.

-Fatto paura, eh, generale Arturo?

-Ti avevo visto...

-Ma che visto! Ti guardavi intorno che sembravi uno scemo. Facevi così, guarda...

1 Swimming trunks
2 Popped out
3 Run-up
4 Skid
5 Heels

E Maria mimò Arturo Perplesso Davanti Alla Casa Abbandonata Sul Mare.

-Per forza, ho visto tutto chiuso.

-Stiamo partendo- disse Maria, facendo volare la sabbia col piede. -

-Il nonno non ce la fa... insomma non gli fa bene stare qui, il dottore ha detto che è meglio portarlo a casa.

-E quando ripartite?

-Stasera. Non vedi? È tutto chiuso ormai. Già fatte le valigie.

-E i gatti?

-Oh, quelli ritorneranno nel giardino della vicina. Sono furbi.

Il bambino si alzò in piedi anche lui, ci pensò un po' su e si mise con la testa puntata [6] nella sabbia per fare la verticale. [7] Poi ci rinunciò.

-Cosa fai, generale Arturo?

-Siete sicuri che dovete proprio partire?- disse il bambino. Con la testa piena di sabbia sembrava un manichino [8] di negozio.

-Certo che dobbiamo.

-Ma l'estate non è ancora finita. C'è ancora sei giorni di agosto, tutto settembre e ottobre.

-Ottobre non è più estate. E poi è per il nonno. Ha detto che vuol morire nel suo letto.

-Anche qua c'è il suo letto- disse il bambino.

-Nel suo di città. È molto stanco. Ieri notte è stato male e ho dovuto tenergli su la testa mentre la mamma gli dava le gocce. È magro, non pesa niente. Era come tener su la testa di un gatto.

Il bambino sembrò sovrappensiero. [9] Si scrollò un po' di sabbia dai capelli e guardò verso il mare.

-Allora partite per tuo nonno.

-Sì.

-E se tuo nonno guarisce, resterete?

-Credo di sì.

Il bambino sorrise.

-Io posso non far morire tuo nonno.

-Bum! [10]

-Ti giuro. L'ho già fatto con mio nonno l'anno scorso. Gli era venuta la febbre altissima. Il dottore scuoteva la testa. Allora il nonno ha

6 Planted
7 Headstand
8 Dummy
9 Absent-minded
10 *Expression of incredulity*

45

voluto vedermi. Mi teneva la mano nella sua. Poi mentre stavo per andar via, mi ha chiesto un bicchier d'acqua. Io non sono stato attento e gliel'ho versato [11] quasi tutto addosso. Lui ha riso e dopo è guarito.

-Chi l'ha detto?

-Te lo dico io. Il giorno dopo stava già meglio. Una settimana dopo lo abbiamo portato in montagna e voleva farsi una passeggiata appena sceso dalla macchina. Ha mangiato un gran piatto di ciliegie già la prima sera. E ha detto alla mamma: vedi, è stato Arturo col suo bicchiere d'acqua che mi ha guarito. [12]

-Tu sei tutto matto.

-Proviamo - disse il bambino - lasciami provare...

La bambina guardò la casa. Non vide la macchina dei genitori sul lato del garage. Prese per mano Arturo.

-Andiamo - disse.

11 I spilled it
12 Healed me

1 Dove si svolge questa parte della storia? Chi sono i protagonisti? Che rapporto c'è tra loro?

2 Perché Maria chiama Arturo "generale"? Che tipo di giochi hanno probabilmente fatto in precedenza?

3 Per che motivo Maria deve partire? Com'è descritto il nonno?

4 Benni riproduce realisticamente la logica propria dei bambini. Come ti sembra il ragionamento di Arturo sulla guarigione del nonno?

La casa era buia, tutte le persiane erano chiuse, c'era odore di lenzuola e carta di armadi. Dovettero camminare piano fino alla camera del vecchio, l'unica dove c'era ancora una finestra semiaperta. La camera era piena di valigie, c'era anche l'amaca arrotolata [13] e in un angolo i giochi di Maria dentro un cesto. [14] Il vecchio era a letto, con tanti cuscini che stava quasi seduto. Respirava regolarmente, con una specie di schiocco della gola. [15] Dormiva. Solo, come si è soltanto nei sogni, dove ciò che fai non cambia il mondo.

-Non mi sembra che stia morendo- disse il bambino.

-Non senti che respiro lento?

Ascoltarono. Il respiro del vecchio andava a tempo col rumore del

13 Rolled up
14 Basket
15 Click throat

mare. Poi improvvisamente si impennò [16] e il vecchio tossì forte molte volte. Aprì gli occhi e vide nella penombra [17] la maglietta bianca del bambino e il vestito azzurro della bambina.

-Generale Arturo- disse il vecchio con un filo di voce- sei venuto a salutare l'ammiraglio?

-Signorsì- disse il bambino. Si avvicinò al letto e mise una mano sulla coperta. Il vecchio faceva odore di panni [18] bagnati. Sudava e aveva una crosticina [19] all'angolo della bocca.

-Per quest'anno le esercitazioni sono sospese. Ma mi raccomando... tieni il battello in buone condizioni.

-Signorsì.

Maria girò dall'altra parte del letto e appoggiò una mano sul braccio del vecchio. La pelle era lucida di sudore e il sole, entrando dalle persiane, la faceva risplendere.

-Nonno, hai un braccio d'oro- disse Maria.

-Sì. Sono tutto d'oro, sudato d'oro zecchino- [20] disse il vecchio.

-Diglielo- disse il bambino.

-Cosa?- chiese il vecchio.

La bambina prese da parte il bambino e lo portò nell'angolo più lontano della camera. Il vecchio li vide sparire [21] nell'ombra.

-Perché devo dirglielo? Fallo e basta...

-Non posso versargli un bicchier d'acqua così, addosso, senza dirgli niente... magari muore dallo spavento.

-Non so come dirglielo.

-Diglielo.

La bambina tornò vicino al vecchio. Si sedette in fondo al letto, le gambe toccavano appena terra.

-Dov'è finito il generale Arturo?- chiese il vecchio.

-È andato a prenderti un bicchier d'acqua.

-È gentile... ma non l'avevo chiesto.

-Sai com'è testone [22] il generale.

Il bambino riapparve. Reggeva in mano un boccale da birra pieno di acqua frizzante.

-Sei matto, generale- disse la bambina- quella è l'acqua che dovevamo bere in viaggio.

16 It came to a crescendo
17 Half-light
18 Clothes
19 Small scab
20 Pure gold
21 Vanish
22 Stubborn

-Dal rubinetto [23] non ne viene.

-L'acqua è già chiusa- disse il vecchio- ma perché quel bicchiere enorme?

-Diglielo- disse il bambino.

-Non son capace- disse la bambina- diglielo tu.

-Oh, insomma- disse il vecchio fingendo di essere spazientito- si può sapere cosa state tramando [24] alle mie spalle?

La bambina incrociò le braccia e restò in equilibrio sul tallone di un piede e la punta dell'altro.

-Arturo... voleva mostrarti i suoi poteri magici.... Ecco, lui vorrebbe... aiutarti...

-Io vorrei provare a non farla morire, ammiraglio- disse il bambino- naturalmente se lei è d'accordo.

Il vecchio restò un attimo in silenzio. Cercò di vedere l'espressione dei due bambini nella penombra.

23 Faucet

24 Plotting

1   Com'è descritto l'interno della casa? Che impressioni ti dà?

2   Come si comportano i due bambini di fronte al vecchio? Qual è il rapporto tra i tre personaggi? Secondo te, perché Arturo chiama "ammiraglio" il vecchio?

3   Perché il vecchio sembra d'oro zecchino?

-E... come farai?

-Oh, è semplice- disse il bambino, avvicinandosi piano piano- l'anno scorso io ho tirato... cioè senza farlo apposta [25] ho versato un bicchier d'acqua addosso a mio nonno.

-Ed è guarito- disse la bambina- cioè non è sicuro che sia stato Arturo con i suoi poteri, però è stato così.

Il vecchio si morse le labbra. Una mosca volava sulle lenzuola. Chiuse gli occhi e non era poi tanto sicuro che ci fossero davvero i due bambini nella stanza. Faceva fatica a respirare. Riaprì gli occhi.

-E l'hai guarito con un bicchiere così?

-No, era meno pieno, ma per stare sul sicuro...- disse il bambino.

-Arturo non fare lo scemo- disse la bambina- devi fare esattamente come con tuo nonno... Gli hai versato addosso un

25 On purpose

boccale da birra così?

-Era così.

-Bene, bene- disse il vecchio- e... come eri vestito? Che formule magiche hai pronunciato?

-Avevo una camicia gialla- disse il bambino.

-Vedi che c'era qualcosa che mancava?- disse la bambina. Guardò le valigie e poi ne aprì una e tirò fuori una camicetta [26] gialla.

-Ma è da donna- protestò il bambino.

-Per il rito è il colore che conta- disse il vecchio tossendo- e poi cosa hai fatto? Che parole hai detto?

-Ricordati tutto per bene, generale Arturo- disse la bambina- non fare il tonto come al solito.

-Reggimi il bicchiere- disse il bambino. La camicia gli arrivava fino alle ginocchia. Con gli indici si strinse le tempie.

-Allora, sono salito sul letto col bicchiere... poi ho detto bevila tutta...

-Sicuro?

-Sicuro.

-Da che parte sei salito?- disse la bambina- È importante.

-Da questa- indicò il bambino- perché dall'altra c'era il muro.

-Non possiamo spostare il letto contro il muro- si lamentò la bambina.

-Io credo che l'importante- disse il vecchio- siano i gesti, la formula «bevila tutta» e soprattutto l'acqua minerale.

-Era minerale? Minerale frizzante?- chiese la bambina.

-Sicuro.

-Allora vai.

Il bambino prese il boccale con grande attenzione. Girò intorno al letto tenendo una mano sul controschienale. [27] Poi cautamente ci salì sopra. Il vecchio tossì e il bambino riuscì a fare in modo che il sobbalzo [28] non facesse cadere neanche una goccia. Incontrò lo sguardo di approvazione della bambina. Poi alzò il bicchiere vicino al viso del vecchio e disse:

-Bevila tutta.

Il vecchio fece un cenno di ringraziamento col capo. Il bambino

26 Blouse
27 Headboard
28 Jolt

versò poco alla volta il bicchier d'acqua sul petto del vecchio e si mise a ridere. Stava finendo di bagnarlo [29] quando entrarono i genitori della bambina. Spalancarono la finestra e la luce illuminò la scena.

-Siete impazziti? Cosa state facendo?- disse il padre.

Il vecchio cercò di dire qualcosa, ma la tosse glielo impedì.

Il generale Arturo, serissimo, posò il bicchiere sul comodino [30] proprio come ricordava di averlo messo allora, vicino al bordo.

La bambina corse dalla madre e la tirò per la manica. [31]

-Forse il nonno non muore- disse sottovoce.

29 To wet him

30 Bedside table

31 Sleeve

Stefano Benni, "Arturo perplesso davanti alla casa abbandonata sul mare",
da: *Il bar sotto il mare*, Feltrinelli, 1987.

1 Il nonno partecipa all'azione? Quale elemento del rito mancava? Che soluzione trova Maria?

2 Arturo riesce a terminare il rito? Come? Cosa succede alla fine?

3 Come reagiranno secondo te i genitori di Maria? Credi che il nonno di Maria guarirà?

A T T I V I T À

a Completa le seguenti frasi del racconto con le parole del testo. Poi trasforma in plurale le parole al singolare e al singolare quelle al plurale.

– È tutto chiuso ormai. Già fatte le _____.

– Ho dovuto tenergli su la testa mentre la mamma gli dava le
_____.

– Respirava regolarmente, con una specie di _____ della gola.

– Il vecchio si morse _____. Una mosca volava sulle lenzuola.

– Avevo una _____ gialla - disse il bambino.

– Alzò il bicchiere vicino al viso del _____ e disse:

b In ognuna di queste frasi è stato inserito un errore: trovalo e correggilo. Se hai problemi, puoi confrontare le frasi col testo originale. Poi spiega con un compagno/una compagna perché la parola era sbagliata.

– Il bambino si alzò in piedi anche lui, ci pensò un po' su e si mise con la testa puntata nella sabbia di fare la verticale.

- Una settimana dopo lo abbiamo portato in montagna e voleva farsi una passeggiata appena scesa dalla macchina.

- Per quest'anno le esercitazioni sono sospese. Ma mi raccomando... tiene il battello in buone condizioni.

- L'acqua è già chiusa- disse il vecchio- ma perche quel bicchiere enorme?

- Il bambino prese le boccale con grande attenzione.

- Il bambino versò poco alla volta il bicchier d'acqua sul petto del vecchio e si messe a ridere.

c   Scegli uno dei dialoghi tra Arturo e Maria e riscrivilo in discorso indiretto.

d   Scegli nel racconto tre parole molto diverse tra loro, e chiedi a un compagno/una compagna di comporre una frase (o un breve brano) che le contenga.

Esempio: tallone, cabina, spavento = La donna vede un mostro sulla spiaggia. Per lo spavento, scappa e batte il tallone contro una cabina.

Ripetete l'esercizio varie volte. Un terzo studente (o l'insegnante) giudicherà chi ha composto le frasi più convincenti e originali.

e   Commenta la frase: «Dormiva. Solo, come si è soltanto nei sogni, dove ciò che fai non cambia il mondo.» Sei d'accordo che i sogni non cambiano il mondo? Credi che i sogni aiutino a vivere meglio? Perché?

f   Immagina che il nonno di Maria guarisca davvero grazie al rito di Arturo. Con un compagno/una compagna, scrivi un'intervista tra un giornalista televisivo e il nonno che racconta la sua miracolosa esperienza.

Piero Chiara

La vita e la opere

Piero Chiara nasce nel 1913 a Luino (in Lombardia). Inizia gli studi classici ma li abbandona per vivere in diverse città francesi. Torna in Italia per lavorare nell'amministrazione pubblica e finisce così in diversi uffici di piccole città del Veneto e della Venezia Giulia. Nel 1936 si sposa con Jula Scherb, una giovane svizzera. Il lavoro burocratico gli lascia molto tempo libero per dedicarsi da autodidatta allo studio della letteratura, e il fatto di vivere fuori dai grandi centri culturali gli consente di scrivere con una certa libertà dalla censura fascista.

Ciononostante, nel 1940 rischia di venire mandato al confino come antifascista, e nel 1944 il Tribunale Speciale Fascista emette un mandato di cattura contro di lui. Chiara riesce a scappare in Svizzera e rientra in Italia solo nel 1945, dopo la caduta del fascismo. Sempre nel 1945 pubblica la sua prima raccolta di poesie.

Negli anni '50 decide di dedicarsi completamente alla letteratura, diventa uno studioso del Settecento e uno dei più famosi esperti di Casanova. Sempre in questi anni inizia a interessarsi anche alla narrativa. Il suo primo romanzo, *Il piatto piange*, viene pubblicato con grande successo nel 1962; nel 1965 pubblica la raccolta di racconti *Con la faccia per terra e altre storie* e nel 1969 *L'uovo al cianuro e altre storie*. Le sue opere diventano molto popolari negli anni '60, e Chiara inizia a viaggiare per l'Europa, un po' per diletto e un po' sull'onda della sua improvvisa fama. Il suo grande amore resta però la piccola provincia del Nord Italia, a cui dedica praticamente tutta la sua narrativa.

Negli anni '80, nonostante l'età avanzata, Chiara continua a scrivere con grande energia e creatività, e si dedica persino a un genere per lui nuovo come la narrativa per ragazzi.

Muore a Varese nel 1986.

La valigia del barone Viterbo

Il genere del racconto breve è molto congeniale allo stile di Piero Chiara, che si ispirò sempre alla narrativa orale dei piccoli paesi. In Chiara, le tradizioni, le abitudini e la psicologia della provincia del Nord vengono presentati in un elegante equilibrio tra realismo e immaginazione.

Nell'opera pubblicata qui, Chiara racconta un episodio ispirato dalla sua fuga in Svizzera durante il fascismo, e ci mostra le difficoltà di quel periodo nei campi di accoglienza svizzeri. Nonostante il realismo della narrazione, Chiara racconta i fatti con uno spirito leggero e disincantato, sereno e quasi ironico, simile a quello con cui recentemente Benigni ha raccontato l'esperienza della guerra in La vita è bella.

Anche nel racconto di Chiara, l'autore evita di descrivere la tragedia generale per concentrarsi su un elemento singolo e non drammatico: la valigia del barone.

Se fosse ancora vivo il barone Anania Viterbo, e posto [1] che il protagonista di questa storia si chiamasse davvero con tal nome e non con un altro che è debito [2] tacere, riconoscendosi nei fatti che sto per riferire potrebbe solo sorridere benevolmente, come soleva [3] anche davanti alle traversie [4] dell'esilio, da lui sopportate in parte con me, in Svizzera, tra il 1943 e il 1945.

Sorrise infatti il Viterbo sotto gli occhiali d'oro, quando un sergente ci annunciò, nel campo di raccolta per internati di Bellinzona, che dovevamo sottoporci [5] tutti allo «spidocchiamento». [6] Precauzione igienica prescritta per i militari e anche per i profughi [7] politici e razziali che provenivano dall'Italia in guerra, mescolati a disertori, prigionieri, carcerati evasi e ad ogni altra sorta di uomini.

Lo «spidocchiamento» consisteva in una doccia calda disinfettante,

1 Supposing

2 Proper

3 He used to

4 Troubles

5 Undergoh

6 Delousing

7 Refugees

in fondo piacevole, alla quale ci sottoponemmo a gruppi, giovani e vecchi, dentro un macello [8] pubblico. Purtroppo la disinfestazione si estese anche agli oggetti personali e ai bagagli, che vennero passati a un getto bollente di formalina vaporizzata. Chi, come me, era giunto in salvo coi soli abiti che indossava, ebbe a lamentare soltanto il restringimento [9] del marocchino [10] interno del cappello, l'accorciamento [11] della cintura dei pantaloni e una minima riduzione delle scarpe, in quanto sul cuoio e sui pellami la formalina aveva un effetto riduttivo. Ma quelli che avevano bagaglio, come il barone Viterbo, dovettero subire [12] oltre ai comuni restringimenti, l'avarìa [13] di altri effetti che tenevano nelle valigie e il ridimensionamento delle valigie stesse.

In un locale del macello, mentre cominciavo a rivestirmi, vidi infatti il barone perplesso davanti alla sua gran valigia di cuoio bulgaro, che gli era stata riconsegnata insieme a un fagotto di indumenti e oggetti vari.

Appena vestito, cercai di aiutarlo nell'impresa di ricollocare ogni cosa al suo posto nella valigia. Ma non vi era modo di venirne a capo: [14] almeno un terzo del suo corredo [15] rimaneva fuori. Il barone Viterbo, che era professore universitario di scienze esatte, non si dava per vinto. [16] «Sarà questione» diceva «di ripiegare gli abiti in modo diverso, di utilizzare gli angoli e soprattutto di pigiare [17] un poco». E svuotava la valigia, per ricominciare da capo a riempirla.

Nel passargli pantaloni, scarpe, camicie, fazzoletti, calze, astucci, scatolette e involti d'ogni genere che egli cercava di stivare [18] in modo sempre più appropriato, mi venne alle mani un disco pesantissimo, del diametro di circa trenta centimetri e dello spessore di almeno dieci, chiuso in una fodera di satin nero. Non riuscendo a capire di cosa si trattasse e non osando slacciare [19] la fodera, istintivamente avvicinai il naso al misterioso oggetto.

«Sì» disse benevolmente il barone. «È una specie di Asiago, una toma. Uno dei tanti formaggi che si fanno dalle nostre parti, in Friuli. Dovendo affrontare [20] la fuga, ho pensato anche a una scorta di viveri, [21] per il caso che avessi dovuto star nascosto dei giorni in qualche luogo.»

8 Slaughterhouse
9 Shrinking
10 Headband
11 Shortening
12 Suffer
13 Damage
14 To sort it out
15 Clothes [lit. "trousseau"]
16 Didn't give up
17 Press
18 Stow
19 Undo
20 Face up to
21 Food supply

1 Quando si svolge il racconto? In che luogo si trovano i personaggi? Dove stanno andando? Perché devono fare una doccia disinfettante?

2 Quali sono gli effetti positivi e negativi della doccia disinfettante? Questi effetti sono più gravi per alcuni personaggi. Quali? Perché?

3 Chi è il barone? Che lavoro fa? Come ti sembra il suo carattere da questa prima descrizione?

4 Quale oggetto attira l'attenzione del protagonista?

Prese dalle mie mani l'involto, lo ripose con cura nella valigia e lo ricoprì con maglie, mutande, calzini e fazzoletti. Ma con un paio di scarpe, un abito scuro e una pila di biancheria, [22] dovette confezionare un pacco a parte, perché gli era divenuto impossibile ricollocare [23] tutto nell'ordine e nello spazio di prima. Di lasciar fuori il formaggio, come gli consigliai, non volle neppure sentir parlare.

Quando i soldati ci misero in fila e ci avviarono [24] verso l'oratorio di San Biagio dove eravamo alloggiati, per rispetto al rango e all'età del mio compagno lasciai a lui il pacco e gli portai la valigia, reggendola faticosamente per le strade di Bellinzona, sotto lo sguardo dei passanti. Era una giornata d'inverno, rigida e cristallina, che ci faceva rimpiangere le nostre case abbandonate.

Avere a quei tempi e in quelle circostanze un formaggio simile, stagionato e sopraffino, [25] era quasi come essersi portato dietro un pezzo di casa: una fortuna alla quale pensavo di partecipare, perché una legge tacita dei campi e degli infelici che vi stazionavano [26] prescriveva, all'internato venuto in possesso di viveri fuori assegnazione, di dividerli con chi avesse cognizione della sua buona ventura. [27] Non perdevo d'occhio quindi il barone, che presto o tardi avrebbe intaccato [28] la sua forma di formaggio.

La nostra giornata di gente in attesa, sfaccendata, [29] chiusa in un solo grande locale, mi permetteva di sorvegliare [30] ogni mossa del Viterbo, che teneva la valigia tra il mio e il suo pagliericcio, [31] come un comodino da notte o un divisorio. [32] Il formaggio, che era sul fondo della valigia, veniva a trovarsi dalla mia parte, e di notte,

22 Linen
23 Put back
24 Led us
25 Best quality
26 Stayed there
27 Good luck
28 Cut into
29 Idle
30 Watch
31 Straw mattress
32 Partition

quando non mi riusciva di dormire, ne percepivo l'odore attraverso il cuoio, o credevo di percepirlo, morso [33] come ero dalla fame. Una notte pensai di fare un taglio nel fianco della valigia e di staccare una fetta di formaggio. Il barone se ne sarebbe accorto solo in occasione di un cambiamento di posto, quando ormai gli avevo mangiato tutto il formaggio. Ma fu più che altro un sogno: mai avrei fatto una cosa simile a un gentiluomo di tal fatta.

Passò una settimana e il barone, pur avendo aperto due o tre volte la valigia con la chiave che teneva in un taschino del panciotto, [34] ne aveva tolto solo dei fazzoletti e una sciarpa di lana. La forma di Asiago era come se non esistesse e mi domandavo se non fosse stata un'allucinazione a farmela sentire in quelle notti.

Improvvisamente, in seguito a un ordine da Berna, il nostro gruppo fu trasferito a Lugano. Aiutai il professore nel trasloco, portandogli ancora la valigia, che sentii pesante, come se avesse delle pietre nell'interno.

«È il formaggio» pensavo «ancora intatto, che il barone ha riservato per quando avremo davvero fame. E se la valigia mi pare più pesante di prima, è perché mi sono indebolito.»

Ma neppure a Lugano, dove il nostro vitto [35] era scarsissimo, egli ritenne opportuno ricorrere [36] al formaggio.

33 Bitten
34 Waistcoat
35 Board
36 Resort to

1   Che rapporto nasce tra il barone e il narratore? Che cosa fa il narratore per il barone?

2   Dove abitano gli internati? Com'è l'esperienza per loro? Che emozioni vivono?

3   Quale desiderio ha il protagonista? Come vorrebbe realizzarlo? Perché si trattiene dal realizzarlo?

4   Ti sembra logico il comportamento del barone? Perché, secondo te, non vuole mangiare il formaggio?

Da Lugano, compiute ormai tutte le formalità prescritte dai regolamenti di polizia, si partì sotto scorta verso l'interno. Viaggiammo insieme in treno, sempre con la valigia dietro, alla quale ormai mi sentivo attaccato come se fosse stata mia.

Dalla stazione di Zwingen nel cantone di Solothurn al paese di Büsserach, sotto la neve e lungo strade ridotte a un pantano, [37] quel carico [38] divenne una croce sotto la quale, debole Cireneo, caddi un paio di volte. Ma era il nostro unico bene in quei deserti, e soprattutto ciò che al barone rimaneva di una lunga vita finita nell'esilio.

A Büsserach, dove la scarsità del vitto era aggravata [39] da un freddo intenso, ebbi la certezza che il buon formaggio friulano ci avrebbe salvati entrambi, anche se il vecchio Viterbo, malato e stanco, mi andava continuamente ripetendo che aveva poco da vivere e che mi avrebbe lasciato, morendo, erede della sua valigia.

Dopo un mese, durante il quale resistette eroicamente ad ogni male e anche alla tentazione d'intaccare il formaggio, venne una commissione a selezionare i validi [40] al lavoro. Fu la volta della nostra separazione.

Al momento dell'addio, quando vidi che il barone mi metteva nelle mani un pacco, sperai che mi assegnasse come viatico almeno una fetta del suo formaggio. Ma si trattava solo di una Bibbia, che aveva avuto in regalo da un pastore protestante e che a lui non serviva, dal momento che sapeva a memoria quella ebraica.

L'internamento in Svizzera durò quasi due anni, durante i quali riuscii sempre ad avere notizie del barone, che passando da un luogo all'altro era finito a Huttwil come professore in un Campo universitario. Ma negli ultimi mesi, quando a guerra finita si aspettava il rimpatrio, non seppi più nulla sul suo conto [41] e immaginai che fosse riuscito a rientrare in Italia anticipatamente, come Einaudi e altri personaggi d'importanza, sempreché [42] non fosse morto, vecchio e malandato [43] com'era.

Il 25 aprile 1945 e nei giorni successivi alcuni internati, impazienti di rivedere le famiglie o frettolosi d'inserirsi nel tessuto della nuova Italia, ripassarono le frontiere senza aspettare il rimpatrio ufficiale. Gli altri proseguirono a gruppi, nel corso di tre o quattro mesi. Venivano concentrati a cinquanta per volta nelle scuole elementari di Chiasso, dove i militari alleati arrivavano dall'Italia a prelevarli [44] ogni mattina con degli autocarri. [45]

37 Marsh
38 Burden
39 Was worsened
40 Those able to
41 About him
42 Provided that
43 In bad condition
44 Pick them up
45 Trucks

Un giorno di agosto, mentre facevo la coda alla dogana di Chiasso per sottoporre i bagagli alla visita prescritta, sentii qualche posto più avanti una voce che mi pareva di conoscere e una frase, già udita un'altra volta forse in sogno:

«È una specie di Asiago... Uno dei tanti formaggi che si fanno dalle nostre parti in Friuli.»

Era il barone Anania Viterbo che stava passando la visita. Lo raggiunsi, lo abbracciai e mi offersi di portargli la valigia.

«Grazie» mi disse dopo avermi fatto ogni sorta di complimenti. «E mi scusi per il formaggio. Non fu per ingordigia [46] che non gliene feci parte. Le dirò che quella toma in verità è un forziere: [47] l'avevo fatta impastare [48] includendovi trecento marenghi.» [49]

46 Greed
47 Strongbox
48 To kneed
49 *Precious and old gold coins.*

Piero Chiara, "La valigia del barone Viterbo",
da: *Il meglio dei racconti*, Mondadori, 1989

1 A cosa si paragona il protagonista mentre porta la valigia? Perché è ossessionato dalla valigia?

2 Cosa offre il barone al narratore per ringraziarlo dell'aiuto?

3 Perché il barone e il narratore si separano? Dove vanno?

4 Qual era il segreto del formaggio del barone? Il barone ha rischiato di morire pur di non mangiare il formaggio: cosa pensi di questa scelta? Che alternative avrebbe avuto?

A T T I V I T À

a Le seguenti parole hanno diversi significati in italiano. Cerca il loro significato nel racconto, e poi trova gli altri loro significati.

Debito: ....

Specie: ....

Scorta: ....

Fatta: ....

Carico: ....

Ridotte: ....

Volta: ....

Coda: ....

Qual è la parola che ha più significati? Qual è la parola che ha due significati anche nel racconto?

b   Trova in ogni lista il contrario delle parole in corsivo.

Tacere: correre, parlare, stancarsi, stare zitti, temere.

Restringimento: distruzione, fondazione, oppressione, attaccamento, allargamento.

Sfaccendato: stanco, giovane, triste, occupato, veloce.

Esilio: patria, rimpatrio, prigione, viaggio, liberazione.

Malandato: sano, affamato, partito, ritornato, sveglio.

c   Trova nel racconto cinque verbi al congiuntivo, scrivili nella tabella e inserisci le forme mancanti.

Esempio: «Se *fosse* ancora vivo il barone...»

Presente	Imperfetto	Passato	Trapassato
(lui) sia	*fosse*	(lui) sia stato	(lui) fosse stato

d   In quali delle seguenti frasi c'è il "si" impersonale? In quali frasi il "si" riflessivo?

«Posto che il protagonista di questa storia si chiamasse davvero con tal nome...»

«La disinfestazione si estese anche agli oggetti personali...»

«Il barone Viterbo, che era professore universitario di scienze esatte, non si dava per vinto...»

«Uno dei tanti formaggi che si fanno dalle nostre parti, in Friuli...»

«Ma si trattava solo di una Bibbia...»

«Ma negli ultimi mesi, quando a guerra finita si aspettava il rimpatrio...»

Prova a riscrivere tutte le frasi senza usare il "si", usando invece sinonimi e altre strutture grammaticali (per esempio il passivo).

e Esegui una breve ricerca in Internet o in biblioteca su uno di questi elementi del racconto, ed esponi i risultati alla classe.

- 25 aprile 1945

- Luigi Einaudi

- Asiago

- Il Cireneo

- Lugano

f Immagina che il narratore abbia davvero rubato il formaggio al barone. Inventa una situazione a partire da questo evento: ad esempio, il barone scopre il narratore mentre sta rubando; oppure il narratore riesce a rubare il formaggio e scopre i marenghi, etc.

Con un compagno/una compagna scrivi un diverso sviluppo della storia. Presentate poi la storia alla classe leggendo a turno le parti narrative e interpretando i dialoghi.

Goffredo Parise

L'autore e l'opera

Goffredo Parise nasce a Vicenza nel 1929 da una ragazza non sposata. Trascorre l'infanzia coi nonni che cercano di tenerlo in casa il più possibile per proteggerlo dagli attacchi degli altri bambini. Nel 1937 la madre si sposa con Osvaldo Parise, direttore di un piccolo giornale. Goffredo compie studi classici e pubblica nel 1951 il suo primo romanzo, *Il ragazzo morto e le comete*.

Va a vivere a Milano, dove lavora per la casa editrice Garzanti, e nel 1954 pubblica il romanzo *Il prete bello* che pone molti dubbi alla critica ma che è uno dei maggiori successi di vendite del dopoguerra. Nel 1955 comincia a collaborare con "Il Corriere della Sera" e nel 1957 si sposa con Maria Costanza Speroni.

Negli anni '60 Parise inizia a scrivere anche per il cinema. Nel 1963 collabora a *L'ape regina* di Ferreri, ma il film ha molti problemi con la censura. Collabora con Fellini a film importantissimi come *Boccaccio '70* (1962) e *Otto e mezzo* (1963). Nel 1963 si separa dalla moglie e si ispira a quel periodo di crisi personale per scrivere l'opera teatrale *L'assoluto naturale*, dedicata ai rapporti di coppia. Nel 1966 conosce la pittrice Giosetta Fioroni, che diventa la sua nuova compagna. La sua attività di giornalista lo porta a viaggiare molto e gli suggerisce opere dedicate a Cina, Vietnam, Laos, Giappone e Stati Uniti.

Nel 1972 e nel 1982 pubblica i volumi di racconti *Sillabario n. 1* e *n. 2*, considerati da molti il capolavoro assoluto di Parise.

Trascorre la maggior parte degli ultimi anni di vita in Veneto.

Muore a Treviso nel 1986.

Cuore

L'opera che presentiamo qui è tratta da Sillabario n. 1, *e come ogni storia delle due raccolte è dedicata all'analisi di un sentimento particolare.*

Il sillabario in genere è il libro di scuola su cui i bambini imparano a leggere e scrivere le sillabe, e Parise ha scelto questo titolo per indicare che i suoi racconti mostrano i sentimenti di base dell'essere umano, le "sillabe" emotive che generano poi tutte le emozioni più complesse.

Il racconto Cuore è dedicato all'innocenza e alla purezza dell'infanzia, e a come sia difficile o impossibile ritrovare quello stato mentale quando si è ormai nella vita adulta.

Un giorno molto azzurro un uomo arrivò in una città di montagna nera di fumo e sepolta [1] nella neve tra alti picchi; [2] camminando sotto i portici bassi si fermò davanti a un negozio di souvenirs, vide una coppia di sposini tirolesi con su scritto *Zwei Herzen* e di colpo ricordò una bambina bionda e rosea sempre vestita da tirolese che incontrava per la strada quando andava a scuola. Si vedevano e arrossivano. [3] Una sera la incontrò in una stradina semideserta vestita di un mantello [4] di panno Lenci rosso con un cappuccio [5] (nevicava), la prese per una mano e dopo un poco la baciò prima su una guancia molto fredda, poi sulla bocca rossa mentre lei lo guardava con gli occhi celesti aperti e immobili.

«Come ti chiami?» domandò il ragazzo e lei, sempre con occhi spalancati, con voce lentissima rispose: «Cu-o-re». Poi non si videro più e passarono gli anni.

Guardando le due bambole l'uomo si chiese dove avrebbe potuto essere in quel momento, se era viva o magari no, continuò a pensare a lei il pomeriggio e anche la sera e gli venne una grande curiosità di rivederla. Con un certo imbarazzo telefonò ad amici d'infanzia dimenticati, spiegò quello che voleva ma poiché non sapeva nulla di lei, solo il nome ma non il cognome, nessuno riusciva a ricordare nulla. Finalmente ne trovò uno con più

1 Buried
2 Peaks
3 Blushed
4 Cloak
5 Hood

memoria degli altri, un botanico con una barbetta riccia [6] che sprofondò [7] nel passato, gli disse che era sposata con due bambini in una città poco lontana da quella in cui si trovava lui in quel momento e scovò anche un numero di telefono.

L'uomo chiamò quel numero e udì in risposta una voce di bambola meccanica; era lei, disse che ricordava tutto e che desiderava rivederlo.

«Hai ancora le trecce?» [8] domandò l'uomo.

«No, ho i capelli corti.»

«Corti come?» insistette l'uomo senza capire perché insisteva e lei rispose: «Corti normali.»

L'uomo disse che la ricordava vestita da tirolese, lei gli ricordò che erano passati tanti anni, che adesso era «una signora di mezza età», che forse per lui sarebbe stata una delusione e che, forse, era «cosa saggia» non vedersi affatto. Poi aggiunse una frase che all'uomo parve molto bella:

«Ad ogni modo, anche se tu non hai voglia di rivedermi, io invece ho molta voglia di rivederti.»

L'uomo le chiese il suo nome da sposata, la donna rise e disse: «È il nome di uno dei sette nani: [9] indovina.»

L'uomo si schermì [10] (chi indovinava più i nomi dei sette nani?) ma fu costretto, con lei che suggeriva, a dirli tutti finché arrivò al nome: Dotto. [11] La donna fece un piccolo strillo [12] al telefono.

«E che lavoro fa il signor Dotto?»

«È rappresentante di generi alimentari.»

Ci fu una lunga pausa, poi, con l'impressione di avere molte cose da dirsi, si salutarono. «Forse è un po' pazza, o soltanto stupida» si disse l'uomo, ma senza volerlo continuò a pensare a lei, quella notte la sognò come la ricordava, vestita da tirolese, con occhi di porcellana tra le lunghe ciglia nere coperte di neve, completamente immobile e sorridente.

6 Curly

7 Sank into

8 Plaits

9 Dwarfs

10 Shielded himself

11 Doc [literally, "erudite"]

12 Shriek

1   Dove incomincia il racconto? Che colori sono presenti nel paesaggio? Qual è l'emozione predominante?

2 Che cosa attira l'attenzione del protagonista? Che cosa gli fa ricordare?

3 Che emozione prova il protagonista quando telefona agli amici? Come fa a trovare la persona che cerca?

4 Cosa è successo a Cuore negli ultimi anni? Com'è la sua voce? Come si descrive Cuore? Cosa pensa il protagonista di lei?

Il giorno dopo le telefonò ancora ma non la trovò in casa, parlò con un ragazzo con una voce severa, che aveva intuito qualcosa girare nell'aria di quell'inverno. Alle cinque del pomeriggio (le aveva detto che lo avrebbe sempre trovato a quell'ora), puntualissima, egli udì la lenta voce di lei: stettero al telefono per un po', lei disse che era stata molto innamorata di lui (allora aveva dodici anni), lui si convinse e la convinse della stessa cosa.

«Lo sei ancora?» domandò l'uomo arrossendo (non era tipo da avventure del genere) e la voce di lei, dopo una lunga pausa, disse: «Sono sposata, come potrei amare due uomini allo stesso tempo?» Nella sua voce c'era grande stupore [13] ma nessun giudizio ed egli non seppe cosa rispondere. Le disse che sarebbe passato per la città dove lei abitava il giorno dopo, per qualche ora, fissarono un appuntamento davanti al Duomo ed egli le chiese le misure perché voleva portarle un regalo. «Quarantadue, quarantaquattro» rispose lei con felicità, «ma non ti devi disturbare.»

L'uomo uscì tra la neve stupido [14] e leggero, andò al negozio di souvenirs, comprò un vestito tirolese (la misura non era proprio certa) e si mise in viaggio. Durante il viaggio ricordò quasi tutto il film Biancaneve e i sette nani, aiutato anche dalle foreste ai lati della strada, e precipitò [15] senza accorgersene in quello stato di irrealtà che precede, e accompagna sempre i grandi avvenimenti della vita. Giunto davanti al Duomo la vide subito tra i passanti: gli parve uguale, la stessa bambina lenta e attonita di trent'anni prima.

«Ciao Cuore» disse col cuore in gola, «sei identica», e la donna salendo in automobile, con un sorriso e quella sua voce lentissima e dolce, disse: «Ciao, anche tu sei uguale.»

13 Amazement
14 Stunned
15 Fell

Girarono nella campagna e lungo un fiume tra la boscaglia, per due ore. Parlarono, soprattutto di lei, con molta innocenza e candore, [16] come nelle favole, e con un linguaggio elementare e purissimo. Quando si addentrarono [17] nella boscaglia dove lei volle provare l'abito tirolese, così vestita disse: «Oh, che bosco nero», e lo prese per mano; quando uscirono indicò il frumento [18] basso nei campi e disse: «L'erba è già verde.» Anche il suo volto rotondo e roseo, con i grandi occhi celesti spalancati e la bocca rotonda e rosa erano elementari e purissimi e l'uomo la baciò: come allora lei stette immobile con gli occhi aperti a guardarlo.

16 Ingenuousness

17 They went into

18 Grain

1   Cosa significa secondo te la frase: «lei disse che era stata molto innamorata di lui (allora aveva dodici anni), lui si convinse e la convinse della stessa cosa»? I due personaggi si amano veramente? Perché si "convincono" dei loro sentimenti?

2   Dov'è l'appuntamento? Che impressione hanno i due quando si incontrano?

3   Che regalo compra l'uomo? A lei piace questo regalo?

Durante il viaggio di ritorno l'uomo le chiese:

«Ieri, quando parlavi con me al telefono, i tuoi figli sentivano quello che dicevi?»

Lei si fece seria: «Sì, c'è stata anche una discussione con mio marito. Mio marito è un orso. Mi ha detto: «Che cosa vuole?»

L'uomo notò che il volto di lei era un poco imbronciato [19] e distratto come quello dei bambini quando non vogliono parlare di una cosa o stanno per dire una bugia.

«E tu cosa gli hai risposto?»

«Niente, ho detto che non volevi niente.»

L'uomo insistette per sapere qualcosa di più ma lei era distratta e guardava davanti a sé, allora cambiò discorso. Le chiese se aveva un'automobile. La donna rise e disse: «Mio marito non vuole che impari a guidare, dice che sono svanita.» [20]

«E cosa fai tutto il giorno?»

«Sto in casa, mio marito non vuole che esca perché dice che non so nemmeno attraversare le strade, figurati. Esco solo al mattino per

19 Sulky

20 Absent-minded

fare la spesa, ma mi accompagna il fattorino.» [21]

«Non hai una donna?»

«No.»

L'uomo aveva tenuto per tutto il viaggio la mano di lei nella sua, una volta la baciò e sentì il profumo di un sapone modesto e molto diffuso; [22] poi la baciò su una guancia e sentì profumo di talco per bambini anche quello molto noto.

«Sono stata molto felice di rivederti» disse lei prendendo con cura il pacchetto del vestito tirolese, «e vorrei vederti sempre.» Dopo questa frase, che aveva pronunciata con voce tranquilla e felice, aggiunse: «Anche tu?»

L'uomo fece cenno di sì col capo [23] e mentre la donna uscì dall'automobile udì che diceva: «Ti telefonerò sempre io alle cinque.»

Da quel giorno si videro sempre più spesso nei modi e nelle ore in cui si vedono gli amanti, l'uomo non chiedeva mai nulla del marito e della famiglia, lei ne parlava raramente: quando ne parlava il suo volto si faceva imbronciato e distratto. La loro conoscenza non andò avanti gran che: [24] durante i loro incontri l'uomo parlava poco, immerso nella stupefazione [25] in cui lei lo avvolgeva [26] con le sue parole e le sue esclamazioni, ma anche con le sue carezze e i suoi occhi celesti aperti nei baci e chiusi dalle lunghe ciglia nere del sonno.

Qualche volta l'uomo era inquieto, ma non esprimeva a lei la sua inquietudine perché non avrebbe saputo come. Allora diceva, come tra sé: «Sei uguale, identica»; e lei rispondeva: «Anche tu.» Ma l'uomo invece sapeva molto bene che tutto ciò che è umano passa e scompare e forse era questa la ragione della sua inquietudine. Si videro per quattro anni durante i quali sembrò loro di rimanere giovani e felici, poi, un bel giorno, lei non venne più ed egli non riuscì a sapere più nulla di lei.

Goffredo Parise, "Cuore",
da: *Sillabario*, Mondadori, 1982.

21 Errand boy
22 Popular
23 Nodded
24 Much
25 Astonishment
26 She confused him [lit. "she wrapped him"]

1   Com'è il marito di Cuore? Come affronta il nuovo amore della moglie? Come immagini la vita in casa di Cuore in questi quattro anni?

2   Perché, secondo te, la storia d'amore tra i due personaggi finisce?

3   Da cosa deriva l'inquietudine del protagonista? Perché per lui è così importante che lei sia sempre uguale?

4   "Stupefazione", "stupore", "candore", "attonito", "svanito" sono tutte parole che si riferiscono a sentimenti simili tra loro: quali? Come contribuiscono questi sentimenti a creare l'atmosfera del racconto?

5   Qual è la metafora usata più spesso per descrivere Cuore?

A T T I V I T À

a   Accoppia le parole delle due colonne basandoti sul loro abbinamento nel racconto.

1 bambola		a di mezz'età
2 donna		b molto fredda
3 ciglia		c sepolta
4 voce		d meccanica
5 guancia		e lentissima
6 città		f nere

Ora scrivi una frase con ogni coppia di parole, o poni a un compagno/una compagna domande che contengano le coppie di parole.

b   Trova queste frasi nel racconto originale e completale.

«Sono sposata, come potrei amare due uomini allo stesso tempo?» Nella sua voce c'era grande stupore ma...

«Sono stata molto felice di rivederti» disse lei prendendo con cura il pacchetto del vestito tirolese, «e...

Trova altre maniere di finire le frasi precedenti.

c Nel seguente brano del racconto sono stati inseriti cinque errori di grammatica: riesci a trovarli? Dopo puoi confrontare il testo con l'originale per vedere se li hai trovati tutti.

Con un certo imbarazzo telefonò ad amici d'infanzia dimenticati, spiegò quelle che voleva ma poiche non sapeva nulla di lei, solo il nome ma non il cognome, nessuno riuscivano a ricordare nulla. Finalmente ne trovò uno con più memoria degli altri, un botanico con una barbetta riccia che sprofondò nel passato, gli disse che era sposata con due bambini in una città poca lontana da quella in cui se trovava lui in quel momento e scovò anche un numero di telefono.

d Trova in ogni lista il sinonimo più appropriato per ogni parola in corsivo.

- *Saggio*: giudizioso, coraggioso, gustoso, limpido, sano.

- *Strillo*: cespuglio, telefonata, urlo, costume, nevicata.

- *Severo*: triste, incerto, attivo, rigido, piovoso.

- *Attonito*: sfinito, addormentato, insicuro, meravigliato, malinconico.

- *Imbronciato*: brutto, tormentato, attento, costoso, offeso.

e Con un compagno/una compagna, recita uno dei dialoghi del racconto. Potete cambiare dettagli e personaggi per adeguarli alla situazione della vostra classe.

f Immagina un seguito della storia e mettilo in scena con un compagno/una compagna. Ad esempio, il protagonista incontra per caso il marito di Cuore; i due amanti scappano insieme e aprono un negozio di bambole tirolesi, etc.

Dino Buzzati

L'autore e l'opera

Dino Buzzati nasce vicino a Belluno il 16 ottobre 1906. Fin da giovane è affascinato dai paesaggi montani delle Dolomiti e dalle leggende e favole di quella zona.

Studia alla Facoltà di Legge ma continua allo stesso tempo a coltivare le sue passioni per la musica, la scrittura e la pittura. Nel 1933 esce il suo primo romanzo, *Barnabo delle montagne*, ispirato alle sue esperienze giovanili. Il libro ottiene un grande successo e spinge l'autore a tentare la carriera letteraria. Si trasferisce a Milano e diventa giornalista per il "Corriere della Sera".

Nel 1939 esce il suo romanzo più importante, *Il deserto dei Tartari*. Buzzati comincia a sperimentare il genere del racconto breve, di cui diventerà presto un maestro assoluto.

Durante la Seconda Guerra Mondiale diventa corrispondente in Africa e assiste a battaglie significative.

Dopo la guerra, Buzzati è ormai riconosciuto come uno dei maggiori autori italiani del secolo: scrive racconti che raccoglie in volumi famosi come *Paura alla Scala, Il crollo della Baliverna, Il colombre*; scrive testi teatrali che vengono rappresentati con successo; dipinge quadri e scrive altri articoli per il "Corriere della Sera".

Visita Tokio, Gerusalemme, New York e altri luoghi come inviato.

Nel 1966 si sposa con Almerina Antoniazzi, che aveva ispirato il romanzo *Un amore*.

Dino Buzzati muore il 28 gennaio 1972.

₋ ᴜolombre

Il colombre, *che dà anche il titolo a una raccolta di racconti, è un buon esempio della produzione di Buzzati. Se molta letteratura e molti film italiani possono essere considerati "realistici", questa storia breve invece rappresenta il filone "fantastico" della tradizione italiana. Come in molte altre occasioni, Buzzati usa qui gli elementi del fantastico per rappresentare emozioni e desideri umani.*
Il colombre è una storia di viaggi per mare che ha gli elementi e lo stile di una favola antica (animali magici, avventure,...), ma dimostra anche la cultura moderna e internazionale di Buzzati. Come si vedrà dalla lettura, Il Colombre *è infatti ispirato anche alla storia di* Moby Dick *di* Herman Melville.

Quando Stefano Roi compì i dieci anni, chiese in regalo a suo padre, capitano di mare e padrone di un bel veliero, [1] che lo portasse con sé a bordo.

«Quando sarò grande» disse «voglio andar per mare come te. E comanderò delle navi ancora più belle e grandi della tua.»

«Che Dio ti benedica, figliolo» rispose il padre. E siccome proprio quel giorno il suo bastimento [2] doveva partire, portò il ragazzo con sé.

Era una giornata splendida di sole; e il mare tranquillo. Stefano, che non era mai stato sulla nave, girava [3] felice in coperta, [4] ammirando le complicate manovre delle vele. E chiedeva di questo e di quello ai marinai che, sorridendo, gli davano tutte le spiegazioni.

Come [5] fu giunto a poppa, [6] il ragazzo si fermò, incuriosito, a osservare una cosa che spuntava [7] a intermittenza in superficie, a distanza di duecento metri, in corrispondenza della scia [8] della nave.

Benché il bastimento già volasse, portato da un magnifico vento al giardinetto, [9] quella cosa manteneva sempre la distanza. E, sebbene egli non ne comprendesse la natura, aveva qualcosa di

1 Sailing ship
2 Ship
3 Wandered
4 On deck
5 As soon as
6 Astern
7 Emerged
8 Wake
9 With the wind on the quarter [*this is a favorable condition that makes the ship move very fast*]

indefinibile, che lo attraeva intensamente.

Il padre, non vedendo Stefano più in giro, dopo averlo chiamato a gran voce invano, scese dalla plancia [10] e andò a cercarlo.

«Stefano, cosa fai lì, impalato?» [11] gli chiese scorgendolo [12] infine a poppa, in piedi, che fissava le onde.

«Papà, vieni qui a vedere.»

Il padre venne e guardò anche lui, nella direzione indicata dal ragazzo, ma non riuscì a vedere niente.

«C'è una cosa scura che spunta ogni tanto dalla scia» disse «e che ci viene dietro.»

«Nonostante i miei quarant'anni» disse il padre «credo di avere ancora una vista buona. Ma non vedo assolutamente niente.»

Poiché il figlio insisteva, andò a prendere il cannocchiale [13] e scrutò [14] la superficie del mare, in corrispondenza della scia. Stefano lo vide impallidire. [15]

«Cos'è? Perché fai quella faccia?»

«Oh, non ti avessi ascoltato» esclamò il capitano. «Io adesso temo per te. Quella cosa che tu vedi spuntare dalle acque e che ci segue, non è una cosa. Quello è un colombre. È il pesce che i marinai sopra tutti temono, in ogni mare del mondo. È uno squalo tremendo e misterioso, più astuto [16] dell'uomo. Per motivi che forse nessuno saprà mai, sceglie la sua vittima, e quando l'ha scelta la insegue per anni e anni, per una intera vita, finché è riuscito a divorarla. E lo strano è questo: che nessuno riesce a vederlo se non la vittima stessa e le persone del suo stesso sangue.»

«Non è una favola?»

«No, io non l'avevo mai visto. Ma dalle descrizioni che ho sentito fare tante volte, l'ho subito riconosciuto. Quel muso [17] da bisonte, quella bocca che continuamente si apre e chiude, quei denti terribili. Stefano, non c'è dubbio purtroppo, il colombre ha scelto te e fin che andrai per mare non ti darà pace. Ascoltami: ora noi torniamo subito a terra, tu sbarcherai e non ti staccherai mai più dalla riva, per nessuna ragione al mondo. Me lo devi promettere. Il mestiere del mare non è per te, figliolo. Devi rassegnarti. Del resto, anche a terra potrai fare fortuna.»

10 Bridge
11 Stock-still
12 Seeing him
13 Telescope
14 Scanned
15 Turn pale
16 Clever
17 Muzzle

Ciò detto, fece immediatamente invertire la rotta, [18] rientrò in porto e, col pretesto di un improvviso malessere, sbarcò il figliolo. Quindi ripartì senza di lui.

Profondamente turbato, il ragazzo restò sulla riva finché l'ultimo picco dell'alberatura [19] sprofondò dietro l'orizzonte di là dal molo [20] che chiudeva il porto. Il mare restò completamente deserto. Ma, aguzzando gli sguardi, [21] Stefano riuscì a scorgere un puntino nero che affiorava [22] a intermittenza dalle acque: il «suo» colombre, che incrociava [23] lentamente su e giù, ostinato ad aspettarlo.

18 Route
19 Masts
20 Jetty
21 Straining to see
22 Emerged
23 Cruised

1   Quando si svolge la storia? Hai l'impressione che sia una vicenda contemporanea o del passato? Chi sono i personaggi che appaiono in questa parte?

2   Qual è il rapporto tra Stefano e suo padre? Come cambia questo rapporto dall'inizio del racconto a qui?

3   Cos'è il colombre? Che idee e associazioni ti suggerisce il suo nome? Perché il padre è sicuro che il colombre stia cercando proprio Stefano? Qual è la sua reazione?

4   Stefano deve scegliere tra il suo desiderio di viaggiare per mare e la paura di incontrare il colombre. Tu cosa faresti al posto suo? Che consigli gli daresti?

Da allora il ragazzo con ogni espediente fu distolto [24] dal desiderio del mare. Il padre lo mandò a studiare in una città dell'interno, lontana centinaia di chilometri. E per qualche tempo, distratto dal nuovo ambiente, Stefano non pensò più al mostro marino. Tuttavia, per le vacanze estive, tornò a casa e per prima cosa, appena ebbe un minuto libero, si affrettò a raggiungere l'estremità del molo, per una specie di controllo, benché in fondo lo ritenesse superfluo. Dopo tanto tempo, il colombre, ammesso anche che tutta la storia narratagli dal padre fosse vera, aveva certo rinunciato all'assedio. [25] Ma Stefano rimase là, attonito, col cuore che gli batteva. A distanza di due-trecento metri dal molo, nell'aperto mare, il sinistro pesce andava su e giù, lentamente, ogni tanto sollevando [26] il muso dall'acqua e volgendolo [27] a terra, quasi con ansia guardasse se Stefano Roi finalmente veniva.

24 Dissuaded
25 Siege
26 Lifting
27 Turning it to

Così l'idea di quella creatura nemica che lo aspettava giorno e notte divenne per Stefano una segreta ossessione. E anche nella lontana città gli capitava di svegliarsi in piena notte con inquietudine. Egli era al sicuro, sì, centinaia di chilometri lo separavano dal colombre. Eppure egli sapeva che, di là dalle montagne, di là dai boschi, di là dalle pianure, lo squalo era ad aspettarlo. E, si fosse egli trasferito pure nel più remoto continente, ancora il colombre si sarebbe appostato nello specchio di mare [28] più vicino, con l'inesorabile ostinazione che hanno gli strumenti del fato.

Stefano, ch'era un ragazzo serio e volenteroso, [29] continuò con profitto [30] gli studi e, appena fu uomo, trovò un impiego dignitoso e remunerativo in un emporio di quella città. Intanto il padre venne a morire per malattia, il suo magnifico veliero fu dalla vedova venduto e il figlio si trovò ad essere erede di una discreta fortuna. Il lavoro, le amicizie, gli svaghi, i primi amori: Stefano si era ormai fatto la sua vita, ciononostante il pensiero del colombre lo assillava [31] come un funesto [32] e insieme affascinante miraggio; e, passando i giorni, anziché svanire, sembrava farsi più insistente.

Grandi sono le soddisfazioni di una vita laboriosa, agiata [33] e tranquilla, ma ancora più grande è l'attrazione dell'abisso. Aveva appena venticinque anni, Stefano, quando, salutati gli amici della città e licenziatosi [34] dall'impiego, tornò alla città natale e comunicò alla mamma la ferma intenzione di seguire il mestiere paterno. La donna, a cui Stefano non aveva mai fatto parola del misterioso squalo, accolse con gioia la sua decisione. L'avere il figlio abbandonato il mare per la città era sempre sembrato, in cuor suo, un tradimento alle tradizioni di famiglia.

E Stefano cominciò a navigare, dando prova di qualità marinare, di resistenza alle fatiche, di animo intrepido. Navigava, navigava, e sulla scia del suo bastimento, di giorno e di notte, con la bonaccia [35] e con la tempesta, arrancava il colombre. Egli sapeva che quella era la sua maledizione [36] e la sua condanna, ma proprio per questo, forse, non trovava la forza di staccarsene. E nessuno a bordo scorgeva il mostro tranne lui.

28 Expanse of water
29 Keen
30 Made progress in
31 Nagged him
32 Gloomy piece of news
33 Well-off
34 Having resigned
35 Dead calm
36 Curse

«Non vedete niente da quella parte?» chiedeva di quando in quando ai compagni, indicando la scia.

«No, noi non vediamo proprio niente. Perché?»

«Non so. Mi pareva...»

«Non avrai mica visto per caso un colombre?» facevano quelli, ridendo e toccando ferro. [37]

«Perché ridete? Perché toccate ferro?»

«Perché il colombre è una bestia che non perdona. E se si mettesse a seguire questa nave, vorrebbe dire che uno di noi è perduto.»

Ma Stefano non mollava. [38] La ininterrotta minaccia che lo incalzava [39] pareva anzi moltiplicare la sua volontà, la sua passione per il mare, il suo ardimento [40] nelle ore di lotta e di pericolo.

Con la piccola sostanza lasciatagli dal padre, come egli si sentì padrone del mestiere, acquistò con un socio un piccolo piroscafo da carico, [41] quindi ne divenne il solo proprietario e, grazie a una serie di fortunate spedizioni, poté in seguito acquistare un mercantile sul serio, avviandosi a traguardi sempre più ambiziosi. Ma i successi, e i milioni, non servivano a togliergli dall'animo quel continuo assillo; [42] né mai, d'altra parte, egli fu tentato di vendere la nave e di ritirarsi a terra per intraprendere [43] diverse imprese.

Navigare, navigare, era il suo unico pensiero. Non appena, dopo lunghi tragitti, metteva piede a terra in qualche porto, subito lo pungeva [44] l'impazienza di ripartire. Sapeva che fuori c'era il colombre ad aspettarlo, e che il colombre era sinonimo di rovina. Niente. Un indomabile impulso lo traeva senza requie, [45] da un oceano all'altro.

Finché all'improvviso, Stefano un giorno si accorse di essere diventato vecchio, vecchissimo; e nessuno intorno a lui sapeva spiegarsi perché, ricco com'era, non lasciasse finalmente la dannata vita del mare. Vecchio, e amaramente infelice, perché l'intera esistenza sua era stata spesa in quella specie di pazzesca fuga attraverso i mari, per sfuggire al nemico. Ma più grande che le gioie di una vita agiata e tranquilla era stata per lui sempre la tentazione dell'abisso.

37 Touching iron [*to reverse bad luck*]

38 Didn't give up

39 Pressed him

40 Daring

41 Cargo ship

42 Harrassing thought

43 Embark on

44 Stung him

45 Drew him incessantly

1 Cosa sceglie di fare nella vita Stefano? Come cambia durante il racconto il personaggio di Stefano? Quali sono i suoi rapporti coi genitori?

2 Nel testo compare l'espressione "attrazione dell'abisso": cosa credi che significhi? Quali sono i sentimenti di Stefano verso il colombre?

3 Stefano fa una splendida carriera, eppure non sembra felice: perché? Come sono i suoi rapporti coi suoi compagni? Perché Stefano sembra diventare vecchio così in fretta?

4 Conosci *Moby Dick* di Melville? Puoi vedere somiglianze e differenze tra quel libro e il racconto di Buzzati? Se non conosci il romanzo di Melville puoi eseguire una breve ricerca in rete o in biblioteca, e fare poi una breve presentazione alla classe.

E una sera, mentre la sua magnifica nave era ancorata al largo del porto dove era nato, si sentì prossimo a morire. Allora chiamò il secondo ufficiale, [46] di cui aveva grande fiducia, e gli ingiunse [47] di non opporsi a ciò che egli stava per fare. L'altro, sull'onore, promise.

Avuta questa assicurazione, Stefano, al secondo ufficiale che lo ascoltava sgomento, [48] rivelò la storia del colombre, che aveva continuato a inseguirlo per quasi cinquant'anni, inutilmente.

«Mi ha scortato da un capo all'altro del mondo» disse «con una fedeltà che neppure il più nobile amico avrebbe potuto dimostrare. Adesso io sto per morire. Anche lui, ormai, sarà terribilmente vecchio e stanco. Non posso tradirlo.»

Ciò detto, prese commiato, [49] fece calare [50] in mare un barchino e vi salì, dopo essersi fatto dare un arpione.

«Ora gli vado incontro» annunciò. «È giusto che non lo deluda. Ma lotterò, con le mie ultime forze.»

A stanchi colpi di remi, [51] si allontanò da bordo. Ufficiali e marinai lo videro scomparire laggiù, sul placido mare, avvolto dalle ombre della notte. C'era in cielo una falce di luna. [52]

Non dovette faticare molto. All'improvviso il muso orribile del colombre emerse di fianco alla barca.

«Eccomi a te finalmente» disse Stefano. «Adesso, a noi due!» E, raccogliendo le superstiti energie, alzò l'arpione per colpire.

«Uh» mugolò [53] con voce supplichevole il colombre «che lunga

46 Second mate
47 Ordered him
48 Dismayed
49 He took his leave
50 Lowered
51 Oars
52 Crescent moon
53 He moaned

strada per trovarti. Anch'io sono distrutto dalla fatica. Quanto mi hai fatto nuotare. E tu fuggivi, fuggivi. E non hai mai capito niente.»

«Perché?» fece Stefano, punto sul vivo. [54]

«Perché non ti ho inseguito attraverso il mondo per divorarti come pensavi. Dal re del mare avevo avuto soltanto l'incarico di consegnarti questo.»

E lo squalo trasse fuori la lingua, porgendo [55] al vecchio capitano una piccola sfera fosforescente.

Stefano la prese tra le dita e guardò. Era una perla di grandezza spropositata. E lui riconobbe la famosa Perla del Mare che dà, a chi la possiede, fortuna, potenza, amore, e pace dell'animo. Ma era ormai troppo tardi.

«Ahimè!» disse scuotendo tristemente il capo. «Come tutto è sbagliato. Io sono riuscito a dannare la mia esistenza: e ho rovinato la tua.»

«Addio, pover'uomo» rispose il colombre. E sprofondò nelle acque nere per sempre.

Due mesi dopo, spinto dalla risacca, un barchino approdò a una dirupata scogliera. [56] Fu avvistato da alcuni pescatori che, incuriositi, si avvicinarono. Sul barchino, ancora seduto, stava un bianco scheletro: e fra le ossicine [57] delle dita stringeva un piccolo sasso rotondo.

Il colombre è un pesce di grandi dimensioni, spaventoso a vedersi, estremamente raro. A seconda dei mari, e delle genti che ne abitano le rive, viene anche chiamato kolomber, kahloubrha, kalonga, kalu-balu, chalung-gra. I naturalisti stranamente lo ignorano. Qualcuno perfino sostiene che non esiste.

54 Cut to the quick
55 Holding out
56 Steep cliff
57 Small bones

Dino Buzzati, "Il Colombre",
da: *180 racconti*, Mondadori, 1982

1 Cosa succede nell'ultima parte della storia? Perché Stefano decide di incontrare il colombre? Quali sono adesso i suoi sentimenti verso il mostro?

2 Com'è l'atmosfera di questa scena? Quali emozioni sono espresse? Perché la Perla del Mare alla fine diventa un sasso?

3 Quali erano le vere intenzioni del colombre? Prova a descrivere il colombre con parole tue.

4 Se Stefano avesse incontrato il colombre da giovane la sua vita sarebbe stata bellissima, ma Stefano era troppo spaventato dalle leggende sul mostro. Credi che il racconto sia una storia contro i pregiudizi? Ti è mai successo di scoprire troppo tardi di avere sbagliato giudizio su di una persona? Quando?

5 Dopo la morte di Stefano, Buzzati inserisce una nota "scientifica" sul colombre: quale credi che sia la ragione?

A T T I V I T À

a Spiega in italiano il significato delle seguenti parole o espressioni:

vascello erede impallidire maledizione squalo avvolto dalle ombre

Cerca nel racconto parole o espressioni interessanti e chiedi a un compagno/una compagna di spiegarle.

b Trova l'infinito dei seguenti verbi:

trasse	scorgeva	compì
pungeva	fu distolto	sostiene

c Individua nel racconto le seguenti frasi:

«Benché il bastimento già volasse, portato da un magnifico vento...»

«E, sebbene egli non ne comprendesse la natura...»

Come finiscono nel testo originale?

Inventa altre maniere di finire queste frasi.

Fai una lista di altre congiunzioni che vogliono il congiuntivo e crea delle frasi sul racconto. Esempio: Sebbene Stefano lo temesse, il colombre era un animale buono.

d Prepara un'intervista immaginaria che un giornalista potrebbe fare a Dino Buzzati sul racconto: perché l'ha scritto, qual è il significato profondo, etc. Recita l'intervista con un compagno/una compagna.

e Con un compagno/una compagna riscrivi il dialogo finale tra Stefano e il colombre. Potete cambiare tutti gli elementi che volete: forse ora il colombre vuole davvero mangiare Stefano, oppure i due personaggi diventano amici, o il colombre vuole tenersi la Perla del Mare, etc.

L'erroneo fu

Oltre che per racconti fantastici come Il colombre, *Buzzati è noto per i suoi numerosi articoli e racconti di satira sociale. Anzi, nei suoi testi alle volte lo stesso elemento fantastico serve proprio a mettere in luce aspetti grotteschi della società.*

In L'erroneo fu *non accade niente di veramente fantastico, ma c'è solo un improbabile errore commesso da un giornale. Quello che dà al racconto un aspetto insolito sono invece le reazioni emotive dei personaggi, che sembrano esagerate e immotivate. Questo aspetto non genera comunque effetti comici, ma al contrario rende molto amaro il testo. Con questa tecnica, Buzzati sottolinea il cinismo, l'alienazione e la difficoltà dei rapporti interpersonali del mondo contemporaneo.*

Il "fu" del titolo si riferisce alla convenzione formale italiana di usare il passato remoto parlando dei defunti.

Un mattino, il noto pittore Lucio Predonzani, di 46 anni, che da molto tempo si era ritirato nella sua casa di campagna a Vimercate, restò di sasso, [1] aprendo il giornale quotidiano, nello scorgere in terza pagina, a destra in basso su quattro colonne, il titolo:

UN LUTTO [2] DELL'ARTE ITALIANA
È MORTO IL PITTORE PREDONZANI

Sotto, una notizia, in corsivo, diceva:

Vimercate, 21 febbraio, notte. In seguito a breve malattia, contro cui non sono valse le cure dei medici, si è spento due giorni fa il pittore Lucio Predonzani. L'annunzio, per volontà dell'estinto, [3] è stato dato a funerali avvenuti.

Seguiva un articolo celebrativo, di circa una colonna, pieno di elogi, [4] firmato dal critico d'arte Giovanni Steffani. E c'era pure una fotografia, fatta una ventina d'anni prima.

Sbalordito, non credendo ai propri occhi, Predonzani diede una

---

1 Was dumbfounded

2 Loss

3 The departed

4 Praise

febbrile scorsa al necrologio, avvistando [5] fulmineamente, nonostante la precipitazione, alcune frasette di velenosa riserva, [6] appostate qua e là, con innegabile diplomazia, fra le bordate [7] degli aggettivi encomiastici. [8]

«Matilde! Matilde!» chiamò Predonzani appena ebbe ripreso fiato.

«Cosa c'è» rispose la moglie dalla stanza vicina.

«Vieni, vieni Matilde!» invocò.

«Aspetta un momento. Sono dietro a stirare.»

«Ma vieni, ti dico!»

La sua voce era talmente spaventata che Matilde lasciò lì il ferro come stava e accorse.

«Guarda, guarda.» Gemette il pittore porgendole il giornale.

Lei guardò, impallidì, e, con la meravigliosa irragionevolezza delle donne, scoppiò in un pianto disperato. «Oh, il mio Lucio, povero Lucio, tesoro mio» balbettava [9] fra un singhiozzo e l'altro.

La scena finì per esasperare l'uomo. «Ma sei impazzita, Matilde? Ma non vedi? Ma non capisci che è un equivoco, uno spaventoso equivoco?»

Matilde infatti cessò subito di piangere, guardò il marito, il suo volto si rasserenò, [10] quindi, inopinatamente, con la stessa leggerezza con cui un istante prima si era sentita vedova, colpita dal lato comico della situazione, fu travolta [11] dall'ilarità. «Oh mio Dio che buffo! Oh oh che ridere... scusami sai, Lucio... un lutto per l'arte... e sei qui sano come un pesce!» mugolava fra i sussulti delle risate, addirittura contorcendosi.

«Basta. Basta.» Imprecò [12] lui, fuori di sé. «Non ti rendi conto? È terribile, è terribile! Adesso mi sentirà il direttore del giornale. Ah, gli costerà caro questo scherzo!»

5 Spotting
6 Reservation
7 Broardsides
8 Complimentary
9 She stammered
10 Brightened
11 Overwhelmed
12 He swore

1 Cosa sconvolge tanto il pittore Predonzani?

2 Com'è l'articolo di giornale? Come descrive Predonzani e la sua opera? Che differenze ci sono tra lo stile del giornale (citato) e quello del racconto di Buzzati?

3 Come ti sembrano le reazioni della moglie? Naturali? Adeguate? Incongrue? Eccessive? Cosa risponderesti a una persona che ha queste reazioni?

Precipitatosi in città, Predonzani corse al giornale. Il direttore lo accolse affabilmente:

«Prego, caro maestro, si sieda. No, no. Quella poltrona è più comoda. Una sigaretta?... Questi accendini non funzionano mai, una vera disperazione sono... Ecco il portacenere... E ora mi dica: a cosa devo il piacere della sua visita?»

Simulava o veramente era all'oscuro di quello che il suo giornale aveva pubblicato? Predonzani ne restò esterrefatto. [13]

«Ma... ma... sul giornale di oggi... in terza pagina... c'è la mia morte...»

«La sua morte?» Il direttore prese una copia del giornale, che stava ripiegata [14] sulla scrivania, l'aprì, vide, capì (o finse di capire), ebbe un brevissimo imbarazzo, questione di una frazione di secondo, meravigliosamente si riprese, tossicchiò.

«Eh, eh, eh, qualcosa non funziona, vero? Qui c'è una strana discrepanza.» Pareva un padre che redarguisse [15] pro forma il suo bambino alla presenza del passante svillaneggiato. [16]

Predonzani perse la pazienza.

«Discrepanza?» urlò. «Mi avete ucciso, mi avete! È mostruoso.»

«Sì, sì» fece il direttore, placido. «Forse... diremo così... il contesto della notizia è andato più in là di quelle che erano le intenzioni... D'altra parte, spero che lei avrà apprezzato al giusto merito l'omaggio reso dal mio giornale alla sua arte...»

«Bell'omaggio! Distrutto mi avete, rovinato.»

«Be', non nego che sia stata commessa qualche inesattezza...»

«Mi date per morto e sono vivo... e lei la chiama inesattezza! C'è da diventare pazzi. Un fior di rettifica, [17] pretendo [18] formalmente, allo stesso preciso posto. Ben s'intende riservandomi ogni azione per danni!»

«Danni? Ma, caro il mio signore» dal «maestro» era passato al semplice «signore», brutto segno, «lei non realizza la straordinaria fortuna che l'è capitata. Qualsiasi altro pittore farebbe dei salti di gioia alti così.»

«Fortuna?»

«Fortuna, si capisce. Quando un artista muore, le sue opere

13 Shocked
14 Folded
15 Rebuked
16 Insulted
17 Retraction
18 I demand

aumentano subito di prezzo. Senza volerlo, sì, senza volerlo, le abbiamo reso un formidabile servizio.»

«E io... dovrei fare il morto?... volatilizzarmi?»

«Certo, se lei volesse approfittare della stupenda occasione... perbacco, non vorrà lasciarsela sfuggire... Pensi: una bella mostra [19] postuma, un battage bene organizzato... noi stessi faremo il possibile per lanciarla... sarebbero milioni, caro maestro, e parecchi anche.»

«Ma io? Io dovrei sparire dalla circolazione?»

«Dica: lei per caso ha un fratello?»

«Sì. Perché? Vive nel Sud-Africa.»

«Magnifico. E le assomiglia?»

«Abbastanza. Però lui porta la barba.»

«A meraviglia. Se la lasci crescere anche lei. E si faccia passare [20] per suo fratello! Tutto andrà liscio... mi dia retta [21]: meglio lasciar andare le cose per il loro verso... E poi capirà... Una rettifica di questo genere... Non so a chi gioverebbe [22] alla fine... Lei, personalmente, perdoni la sincerità, farebbe una figura un po' meschina... È inutile, i redivivi non sono mai riusciti simpatici... anche nel mondo artistico, sa bene come vanno queste cose, come la resurrezione, dopo tanti incensi, farebbe una pessima impressione...»

19 Exhibition
20 Pretend to be
21 Listen to me
22 It would be useful to

---

1   Come descriveresti la figura del direttore? Com'è il suo atteggiamento verso il pittore? Secondo te il direttore sapeva dell'errore del suo giornale?

2   In che stato d'animo è Predonzani? Trova tre aggettivi dal testo per descriverlo.

3   Quale soluzione propone il direttore? Che obiezioni ha Predonzani? Alla fine accetta?

4   Com'è possibile che Predonzani sparisca? Per chi vuole farsi passare?

5   Al posto di Predonzani, tu accetteresti la proposta del direttore? Perché?

Non seppe dire di no. Tornò alla sua casa di campagna. Si nascose in una stanza, lasciandosi crescere la barba. Sua moglie mise il lutto. [23] Amici vennero a trovarla, specialmente Oscar Pradelli,

23 Mourning

pittore anche lui, che di Predonzani era sempre stato l'ombra. Poi cominciarono ad arrivare i compratori: mercanti, collezionisti, gente che fiutava [24] l'affare. Quadri che, prima, a stento [25] raggiungevano quaranta, cinquantamila, adesso venderli per duecento era un giochetto. E di là, nel suo ritiro clandestino, Predonzani lavorava, una tela dopo l'altra, retrodatando, s'intende.

Dopo un mese - la barba era abbastanza sviluppata - Predonzani si arrischiò ad uscire, presentandosi come il fratello tornato dal Sud-Africa. Si era messo un paio di occhiali, simulava un accento esotico. Però come gli assomiglia, diceva la gente.

Per curiosità, in una delle prime passeggiate dopo la clausura, [26] si spinse fino al camposanto. Sulla grande lastra [27] di marmo sul pavimento della cappella di famiglia, uno scalpellino [28] stava incidendo il suo nome con le date di nascita e di morte.

Disse di essere il fratello. Con la chiave aprì la porticina di bronzo. Discese nella cripta dove le bare dei parenti erano accatastate una sull'altra. Quante! Ce n'era una nuova, bellissima. «Lucio Predonzani» era scritto sulla targhetta d'ottone. [29] Il coperchio era fissato con le viti. Con un oscuro timore batté con le nocche [30] su un fianco della cassa. La cassa diede un suono di vuoto. Meno male.

Curioso. Mentre le visite di Oscar Pradelli si facevano via via più frequenti, Matilde pareva rifiorire. Il lutto, tra l'altro, le confaceva. Predonzani ne seguiva la metamorfosi con un misto di compiacimento e d'apprensione. Una sera si accorse di desiderarla, come da anni non gli accadeva più. Desiderava la sua vedova.

In quanto a Pradelli, la sua assiduità non era inopportuna? Ma quando Predonzani lo fece notare a Matilde, lei reagì quasi con astio: [31] «Cosa ti salta in mente? Povero Oscar. L'unico tuo vero amico. L'unico che ti rimpianga veramente. Si prende la briga [32] di confortare la mia solitudine e tu sospetti di lui. Dovresti vergognarti.»

Intanto venne allestita in città la mostra postuma, un magnifico successo. Fruttò, detratte [33] le spese, cinque milioni e mezzo. Dopodiché la dimenticanza, [34] con impressionante rapidità, scese su Predonzani e la sua opera. Sempre più rare le citazioni del suo

24 Sniffed out

25 Barely

26 Isolation

27 Slab

28 Stone-cutter

29 Brass nameplate

30 Knuckles

31 Rancour

32 He takes the trouble

33 Deducted

34 Oblivion

nome nelle rubriche [35] e sulle riviste artistiche. E ben presto cessarono del tutto.

Con desolato stupore egli constatava che anche senza Lucio Predonzani il mondo riusciva a cavarsela [36] lo stesso; il sole si alzava e tramontava come prima, come prima le serve battevano i tappeti alla finestra, i treni correvano, la gente mangiava e si divertiva, e di notte i giovanotti e le ragazze si baciavano, in piedi, lungo le nere cancellate del parco, come prima.

Finché un giorno, rincasando da un giro per la campagna, riconobbe appeso in anticamera [37] l'impermeabile del caro amico Oscar Pradelli. La casa era quieta, singolarmente intima e accogliente. E di là, delle voci sommesse, dei sussurri, dei teneri sospiri.

In punta di piedi, retrocesse fino alla soglia [38]. Piano piano uscì, incamminandosi verso il cimitero. Era una dolce sera di pioggia.

Come fu innanzi alla cappella di famiglia si guardò intorno. Non c'era anima viva. Allora aprì il battente di bronzo.

Senza fretta, mentre si faceva buio lentamente, tolse con un temperino [39] le viti che chiudevano la nuovissima cassa, la «sua» bara, di Lucio Predonzani.

La aprì, con molta calma, vi si distese supino, assumendo la posa che supponeva convenisse ai defunti per il sonno eterno. La trovò più comoda di quanto non avesse previsto.

Senza scomporsi, [40] adagio adagio, tirò sopra di sé il coperchio. Quando rimase un breve ultimo spiraglio, [41] egli stette in ascolto qualche istante, se mai qualcuno lo chiamasse. Ma nessuno lo chiamava.

Allora lasciò cadere completamente il coperchio.

35 Columns
36 Get by
37 Hall
38 Doorstep
39 Penknife
40 Unperturbed
41 Chink

Dino Buzzati, "L'errato fu",
da: *180 racconti*, Mondadori, 1982

1   Chi è Oscar Pradelli? In che rapporti è con Predonzani? Cosa vuole veramente Pradelli?

2   Come va la mostra postuma? Come funziona il travestimento di Predonzani?

3   Quale triste scoperta fa Predonzani sul mondo?

ATTIVITÀ

a   Di queste quattro parole o espressioni, una non ha nulla a che fare con le altre: quale? Perché?

Restò di sasso   Sbalordito

Esterrefatto   Affabilmente

A chi si riferiscono, nel racconto, le tre parole simili? A chi si riferisce la parola estranea?

b   Trova in ogni lista il sinonimo migliore per queste parole.

–   *Inopinatamente*:   immediatamente, forte, piano, inaspettatamente, stancamente.

–   *Discrepanza*:   caduta, forza, solitudine, attenzione, inesattezza.

–   *Rettifica*:   correzione, prova, mostra, rabbia, arresto.

–   *Volatilizzarsi*:   sbagliarsi, svanire, svenire, impallidire, descriversi.

–   *Dimenticanza*:   amicizia, tradimento, promessa, oblio, vecchiaia.

c   Spiega perché in questa frase viene usato una volta l'imperfetto e tutte le altre volte il passato remoto.

«Il direttore prese una copia del giornale, che stava ripiegata sulla scrivania, l'aprì, vide, capì (o finse di capire), ebbe un brevissimo imbarazzo, questione di una frazione di secondo, meravigliosamente si riprese, tossicchiò.»

Riscrivi la frase mettendo tutti i verbi al presente, e poi tutti al futuro.

d   La notizia della morte di Predonzani è scritta in modo molto formale: trova quali parole o espressioni del giornale non sono comuni nella lingua corrente.

Vimercate, 21 febbraio, notte. In seguito a breve malattia, contro cui non sono valse le cure dei medici, si è spento due giorni fa il pittore Lucio Predonzani. L'annunzio, per volontà dell'estinto, è stato dato a funerali avvenuti.

Riscrivi la notizia trasformandola in un breve testo in stile colloquiale.

e   Immagina che Predonzani cambi idea durante la mostra postuma e riveli la propria identità. Che cosa potrebbe succedere? La gente gli crederebbe? Cosa direbbero e farebbero la moglie, Pradelli e il direttore del giornale? Come reagirebbero i compratori?

Scrivi un breve racconto su questo argomento, o una scenetta da recitare con uno o più compagni.

Achille Campanile

Vita e opere

Achille Campanile nasce a Roma nel 1899. Ci sono diversi artisti in famiglia: il padre scrive scenari per il cinema muto, un fratello scrive per il teatro. Per questo motivo i genitori vollero dare ad Achille una professione sicura e tentarono di farlo studiare come ingegnere, diplomatico e poi prete. Ciononostante, Campanile preferisce la letteratura e nel 1918 riesce a convincere il padre a farlo entrare nel giornale "La Tribuna" come correttore di bozze e in seguito come redattore. In questo periodo scrive anche le famose *Tragedie di due battute*, eccezionale esempio di teatro sperimentale.

Diventa subito un apprezzato autore umoristico per il giornale "L'Idea Nazionale" e pubblica anche racconti sul giornale di satira politica "Il Travaso". L'oppressione della censura fascista lo obbliga ad abbandonare gli argomenti politici e a scrivere pezzi comici disimpegnati. Continua a scrivere per il teatro opere innovative che hanno influenzato sperimentalisti come Ionesco e Stoppard. Molto famosa la sua commedia *L'inventore del cavallo* (1924).

Diventa cronista per il Giro d'Italia e a quest'esperienza si ispira per il romanzo *Battista al giro d'Italia* (1932). In questi anni compie imprese originali come andare in Scozia a cercare il Mostro di Loch Ness, per poi scrivere di averlo trovato ed essere diventato suo amico. Dal 1938 al 1940 dirige con Cesare Zavattini il settimanale umoristico "Settebello". Dopo molte storie d'amore si sposa nel 1940, ma il matrimonio è da subito molto infelice.

Nel 1955 ottiene l'annullamento del matrimonio per assenza di figli e si sposa con una ragazza più giovane di lui. Da questa unione nasce un figlio a

cui Campanile fu sempre molto legato. Nel 1969 si ritira a studiare e scrivere nel piccolo paese di Lariano, in provincia di Roma. La sua fama è ormai internazionale e viene in genere riconosciuto come il più grande umorista italiano del Novecento. Tra le sue opere ricordiamo *Agosto, moglie mia non ti conosco* (1930), *Il povero Piero* (1959), *Manuale di conversazione* (1973), *Gli asparagi e l'immortalità dell'anima* (1974).
Muore a Lariano nel 1977.

Il bicchiere infrangibile

Il bicchiere infrangibile mostra il gusto di Campanile per il paradosso e l'assurdità che possono celarsi nella vita quotidiana. Le abitudini e i modi di fare della classe media italiana vengono descritti con notevole precisione e perfetta penetrazione psicologica; i suoi dialoghi hanno sempre la vitalità di pezzi teatrali.
Si noti anche il tono bonario e amichevole di questa storia. Il narratore è il protagonista stesso che si rivolge a noi come a dei suoi vecchi amici. In questo modo, Campanile ci invita senza dubbio a ridere dei suoi personaggi comici, ma ci invita anche a capirli e, in fondo, a non trovarli troppo diversi da noi stessi.

Io e Teresa, voi lo sapete, siamo due tipi economi. Non avari, no, questo no. Ma ci piace non sperperare. [1] Invece Marcello è tutt'altro tipo e non si direbbe mai nostro figlio, per quel che riguarda i bicchieri. È capace di prendere un bicchiere e lasciarlo cadere tranquillamente in terra. Proprio non fa nessun conto del denaro che costano. Forse col tempo si correggerà. Ma per ora — ha tre anni — i bicchieri immagina che servano unicamente per essere rotti. Abbiamo provato a dargli un bicchiere d'argento, [2] ma non ha voluto saperne. Non beve se non ha un bicchiere come i nostri. E noi non possiamo bere tutti in bicchieri d'argento. Allora, dopo che egli ebbe rotto un intero servizio [3] e che mia moglie ne ebbe comperato un altro per dodici, io ho avuto un'idea geniale: prendere per Marcello un bicchiere infrangibile. [4] La cosa non è

1 Squander
2 Silver
3 Set
4 Unbreakable

stata facile perché occorreva un bicchiere come i nostri, altrimenti Marcello non beve. Ma dopo molte ricerche ho potuto trovarlo. L'ho portato a casa e ho fatto riusciti esperimenti davanti a familiari, prima di dir loro che era un bicchiere infrangibile.

Osservo di passaggio che il primo esperimento mi ha valso un litigio con mia moglie, che credeva mi fossi messo a giocare a palla con un comune bicchiere del servizio buono. Invece Marcello s'era divertito un mondo all'esperimento e in giornata, prima che qualcuno potesse impedirglielo, capitatogli a tiro [5] un bicchiere del servizio buono, egli, che ignorava ch'io avevo operato con un bicchiere speciale, l'ha scaraventato [6] a terra. Ma questo non c'entra, sebbene abbia ridotto il numero dei bicchieri da dodici a undici.

Insomma tutto è andato liscio, fino al giorno dopo. Fino a quando, cioè, la donna di servizio non è venuta a chiamarmi dicendo:

«Debbo apparecchiare la tavola. [7] Per favore, qual è il bicchiere infrangibile?»

Quell'imbecille l'aveva messo nella credenza, [8] assieme con gli altri. E poiché erano tutti uguali, lascio a voi immaginare il suo ed il mio imbarazzo quando s'è trattato di scegliere il bicchiere da mettere davanti a Marcello.

«Razza di cretina,» ho gridato «prima lo confondete con gli altri e poi volete sapere da me qual è.»

È accorsa mia moglie, che per fortuna non è un tipo nervoso. L'ho scelta apposta così, dopo anni di ricerche.

«Via» ha detto «ora lo troveremo.»

5 Grabbed hold of
6 Flung it
7 Lay the table
8 Kitchen cabinet

1 Chi sono i personaggi? Quanti anni hanno? Come descriveresti il loro carattere? Trova almeno due aggettivi per ognuno.

2 Marcello ha due abitudini: quali?

3 Perché il protagonista ha una lite con la moglie?

4 Quale problema è causato dal bicchiere infrangibile?

Ci siamo messi a esaminare con la più grande attenzione tutti i bicchieri. Ma non c'era nessuna differenza. Ripeto: avevo cercato apposta un bicchiere infrangibile identico ai nostri del servizio. Alla fine mia moglie ha detto:

«Mi pare questo.»

«Uhm", ho detto "a me pare piuttosto quest'altro.»

È questo, è quest'altro, è questo, è quest'altro, è andato a finire che mia moglie, convinta che il suo fosse quello infrangibile, l'ha lasciato cadere per dimostrarmelo. Ed è stata una vera soddisfazione, per me, vedere il bicchiere rompersi e trionfare la mia tesi.

«Ma non è nemmeno il tuo», ha gridato mia moglie, che cominciava ad irritarsi.

«Ah, non è questo?» ho gridato.

E giù, il bicchiere per terra. È seguito un grido di trionfo; non mio, ma di mia moglie, raggiante [9] di vedere che il bicchiere era andato in mille pezzi, appena toccato il suolo. [10]

«Oh questa è bella» ho detto. «Allora non era nessuno dei due.»

«Pare di no» ha esclamato mia moglie perplessa.

La presenza d'un misterioso bicchiere infrangibile tra quelli frangibili del nostro servizio ci rendeva inquieti e nervosi. Quale dare a Marcello? Con lo scegliere a caso, c'era probabilità di indovinare quanto di sbagliare. E un errore significava un bicchiere rotto.

9 Radiant
10 Ground

1 Quanti bicchieri sono stati rotti finora?

2 Perché i personaggi sono contenti che alcuni bicchieri si siano rotti?

Stavamo appunto discutendo sul da farsi, quando un grido ci ha raggiunti dalla vicina stanza: la donna di servizio, provando per conto proprio, aveva rotto un bicchiere. Era il quarto del servizio buono. Benché la cosa fosse tutt'altro che piacevole, pure presentava il vantaggio di restringere [11] notevolmente il campo delle ricerche; ormai il bicchiere infrangibile era uno degli otto rimasti; vale a dire che avevamo solamente sette probabilità su otto di rompere un bicchiere. Probabilità che scesero a sei tosto che [12] io, incoraggiato da questo calcolo, feci un nuovo esperimento, conclusosi con la quinta rottura. Al quale seguirono un esperimento di mia moglie e uno della domestica, altrettanto

11 Narrow down
12 As soon as

disgraziati. [13]

Ormai eravamo accaniti [14] nella ricerca. Andavamo afferrando i bicchieri a caso e, al grido di: «È questo!», li scaraventavamo con rabbia per terra.

Rimasti due soli bicchieri, m'imposi.

«Ormai» dissi «è inutile continuare stupidamente a provare con tutti. È chiaro che il bicchiere infrangibile è uno di questi due. Proviamo a scaraventarne per terra uno solo: se non si rompe, vuol dire che è quello infrangibile; se si rompe, vuol dire che quello infrangibile è l'altro.»

Provammo.

Quello infrangibile era l'altro. Finalmente si sapeva. Proprio l'ultimo, purtroppo, ma ormai s'era assodato. [15]

«Io» dissi asciugandomi il freddo sudore che m'imperlava la fronte, «non ci credo ancora, che sia questo.»

«Proviamo», disse mia moglie.

Alzai il bicchiere per lanciarlo a terra. Ma un presentimento mi trattenne.

«Non si sa mai», dissi «se per caso non è nemmeno questo, si rompe.»

Con mille precauzioni andammo a mettere il bicchiere infrangibile al sicuro.

13 Unlucky
14 Relentless
15 It was clear

Achille Campanile, "Il bicchiere infrangibile",
da: *Opere*, Bompiani, 1994

---

1 Quanti bicchieri restano alla fine? I personaggi hanno trovato il bicchiere infrangibile? Perché non si sentono sicuri?

2 Come avresti risolto tu il problema del bicchiere infrangibile?

3 Campanile usa spesso espressioni colloquiali, come se stesse raccontando la storia a degli amici. Ad esempio, all'inizio: "Teresa ed io, voi lo sapete...". Trova nel racconto altre espressioni colloquiali o tipiche della lingua parlata.

a   Test di vocabolario. Rispondi alle seguenti domande senza andare a rileggere il racconto. Poi controlla il testo per vedere se hai risposto correttamente.

Come si dice "spendere molti soldi senza motivo"?

Qual è un sinonimo di "tirare"?

Come si chiama il mobile in cui si mettono piatti e bicchieri?

Come si chiama un gruppo di piatti o bicchieri tutti uguali?

Cosa significa il verbo "imperlare"? Che soggetto può avere?

b   "Dopo che egli *ebbe rotto* un intero servizio e che mia moglie ne *ebbe comperato* un altro": qual è l'infinito dei verbi in corsivo? In che tempo sono nel racconto? Mantieni questo tempo e coniuga i due verbi in tutte le persone (io... tu...).

c   Trova i due errori che sono stati inseriti in questa frase.

"È questo, è quest'altro, è questo, è quest'altro, è andato a finire che mia moglie, convinta che il suo fosse quell'infrangibile, l'ha lasciata cadere per dimostrarmelo."

Con un compagno/una compagna spiega e discuti i due errori.

d   Nel racconto c'è una frase sola al "voi" formale. Trovala, e poi cambiala al "tu" e al "voi".

e   Il narratore e la moglie ora hanno un bicchiere infrangibile al sicuro, ma nessun bicchiere da usare in tavola. Con un compagno/una compagna scrivi un dialogo tra loro su come organizzeranno la loro prossima cena. Altri compagni possono aggiungersi e recitare i ruoli della cameriera o di Marcello.

Il sistema deduttivo

Come molti umoristi, Campanile ama i paradossi logici e si diverte a mostrare come i ragionamenti astratti che sembrano corretti si dimostrano poi inadeguati alla complessità del mondo reale. In questa storia, Campanile crea anche una parodia dei famosi racconti di Sherlock Holmes, dove appunto la logica deduttiva funziona sempre perfettamente. Il narratore di questo racconto sembra uno scettico Watson che racconta i ragionamenti del suo "maestro", ma si vedrà che i risultati sono molto diversi da quelli dei racconti di Doyle.

Per quelli che non credono al sistema deduttivo, citerò [1] un solo caso. Di esso, occorre dirlo?, garantisco l'autenticità. Si parlava sere fa con Marabino, il grande maestro del sistema deduttivo, come sapete, e il discorso cadde appunto sulle meraviglie di questo sistema.

«Lei dunque», mi diss'egli «non ci crede. Eppure questo sistema ci permette di arrivare a scoperte sorprendenti, anche a distanza, senza muovere un dito, senza ricorrere all'esperimento, come col sistema induttivo.»

«Sarà.»

«Sarà? Dica pure: è. È il sistema deduttivo che ci permette di scoprire cose ignote, [2] mediante la sola forza del ragionamento.»

«Le dirò, maestro. Capisco che lei, apostolo, teorico e grande assertore del sistema deduttivo, lo sostenga a spada tratta. [3] Ma ho i miei dubbi sulle meraviglie di questo metodo che rese famoso Sherlock Holmes. Anche perché, dei mirabili risultati di esso, ho sempre sentito parlare, ma non li ho mai visti.»

Marabino mi fissò [4] intensamente per qualche minuto.

«Vada» mi disse a un tratto quasi scandendo [5] le sillabe «in via Guido D'Arezzo, al numero ventotto. Sul lastrico [6] presso il marciapiedi troverà un portafogli perduto. Se vuole, è suo.»

«Dice davvero, maestro?»

1 I'll mention
2 Unknown
3 Strenuously [lit. "with a drawn sword"]
4 Gazed at me
5 Spelling
6 Paving

«Garantito.»

«Non me lo faccio ripetere. Andiamo assieme, però. Non vorrei che fosse uno scherzo.»

«Andiamo.»

Lungo il tragitto [7] cercai di saperne di più.

«Ma come fa» domandai al maestro «a sapere che c'è questo portafogli?»

«Semplicissimo» disse. «Io ragiono così: chi può perdere un portafogli? Risponda: chi può perderlo?»

«Mah, evidentemente un distratto. Uno stupido.»

«Ma no, non è così che si deduce. Bisogna procedere per gradi. Socraticamente. Dunque, chi può perdere un portafogli? Uno che... Uno che... Ma uno che l'abbia, benedetto figliuolo. Condizione prima per perderlo è l'averlo.»

«Bella scoperta, mi scusi, maestro. È logico che, se uno non l'ha, non può perderlo.»

«Ma è così che bisogna dedurre. Ristretto dunque il campo [8] delle indagini a coloro che hanno un portafogli, bisogna domandarsi: hanno tutti costoro uguali probabilità di perderlo? No.»

«Questo è logico.»

«Chi dunque più facilmente potrà perderlo?»

«Mah... direi un distratto, uno stupido.»

«E dàgli, con questo stupido. Non è così che si deduce, figliuolo. Troppo vasto è il campo degli stupidi, dei distratti. Noi dobbiamo restringerlo sempre più, fino a centrare in pieno l'individuo. Dunque, più facilmente potrà perderlo uno che... uno che... Uno che non badi [9] troppo al proprio denaro. Bravo. L'ha detto. E chi è che non bada troppo al proprio denaro?»

«Mah... uno stupido.»

«Insiste con questo stupido. Ma no. Uno che ne ha molto. Un ricco, benedetto figliuolo. Un povero ci baderà moltissimo, un ricco meno. E per ricco intendo un signore, non un usuraio, [10] che più ne ha, più ne vorrebbe. D'accordo?»

«D'accordo.»

7 Route
8 Scope
9 Who doesn't care about
10 Money-lender

1 Come definiresti il carattere dei due protagonisti? Cosa pensano uno dell'altro?

2 Marabino vuole dimostrare al narratore l'efficacia del sistema deduttivo: come? Che prova dice di avere?

3 Come ti sembra il ragionamento di Marabino in questa prima parte? Sei d'accordo con le sue conclusioni? Ti sembrano utili?

«Vediamo ora dove può perderlo. Segua il mio ragionamento: quali sono i luoghi che di preferenza batte [11] un ricco signore? Eh? Proceda per eliminazione. Non certo i quartieri popolari o malfamati.» [12]

«No.»

«Bravo. Vede che, con un po' di sforzo, ci arriva anche lei. E anche se, eccezionalmente, batte questi, in essi sta attento al portafogli. Quindi, non è qui che lo perderà. Piuttosto, egli frequenta preferibilmente i quartieri signorili. Momento. So quel che vuol dirmi: non tutti i quartieri signorili offrono le stesse probabilità, e non tutte le strade di essi. Lei ha perfettamente ragione e mi compiaccio [13] per il suo acume, ma sarei arrivato a questo argomento, anche se lei non mi avesse fatto l'obiezione. Un ricco signore li percorrerà in auto, quindi mi limito alle strade dei quartieri signorili frequentate da automobili. Naturalmente, il portafogli deve essere perduto fuori dall'automobile. Bravissimo. E precisamente, quando il signore scende di macchina per entrare in qualche negozio, ufficio o altro; o quando vi sale, uscendo da negozi, uffici o altro.»

«E gli alberghi?»

«Gli alberghi sono esclusi, perché il chiamavetture, [14] che sta sempre fuori la porta, vedrebbe il portafogli cadere e delle due: o lo restituirebbe o, se è disonesto, lo tratterrebbe, e quindi sarebbe in ogni caso vano sperare di trovarlo. Idem per i palazzi con un portiere che stazioni [15] di continuo all'entrata.»

«Ma ci sono molte strade nei quartieri signorili frequentate da automobili.»

«Un momento figliuolo. Bisogna fare tutti gli anelli della catena.

11 Haunts
12 Disreputable
13 I pride myself on
14 Parking-boy
15 Stays

Guai se ne manca sia pure uno. La catena non reggerebbe e la conclusione sarebbe sbagliata. Ecco dunque il successivo anello: fra le strade eccetera, quali bisogna scegliere? Quelle meno affollate bravissimo, perché se c'è troppa gente, il portafogli sarebbe immediatamente visto e raccolto da altri, e pertanto non lo troveremmo. E così, per via di deduzioni e d'eliminazioni, sono arrivato al numero ventotto di via Guido d'Arezzo, strada signorile, non troppo affollata, al principio dei quartieri Parioli.»

Ci eravamo arrivati anche di persona.

Ero ansioso d'aver conferma della teoria.

«Scenda lei, caro, io l'aspetto in tassì. Sono come il matematico Le Verrier, che non si curò mai di vedere col cannocchiale il pianeta da lui scoperto con i soli calcoli matematici», mi disse Marabino.

1 Come ha fatto Marabino a scegliere via Guido d'Arezzo?

2 Perché Marabino non scende dal tassì?

3 Credi che il ragionamento funzioni? Credi che si possa trovare un portafogli in questo modo? Perché sì o perché no?

4 Come cambia l'opinione del narratore sul sistema deduttivo lungo il racconto?

Scesi. Il portafoglio non c'era.

Confesso che rimasi male.

«Possibile?»

Marabino scese a dare un'occhiata anche lui. Niente da fare. Il portafogli non c'era proprio. Non ci restò che risalire in tassì e prender la via del ritorno. Durante la quale volsi al maestro un'occhiata interrogativa (e in verità non sapevo proprio cosa pensare). Ma Marabino sorrise, calmo.

«Si vede» disse «che è passato qualcuno prima di noi e ha raccolto il portafogli.»

«Sarà», feci «ma non sono rimasto molto soddisfatto. Non tanto per la mancata conferma della sua teoria, della quale m'importa molto relativamente, quanto per il mancato rinvenimento [16] del portafogli, il cui contenuto m'avrebbe fatto molto comodo in

16 Recovery

questo momento. Non bisogna dimenticare che siamo nei tragici giorni del panico di Wall Street e, benché io mai sia stato in America, ne sono preoccupato. Senza dire che siamo sotto le feste [17] e i quattrini [18] vanno via che è uno spavento.»

«A chi lo dice!» mormorò il grande deduttore. «Ma non è colpa mia se, prima di noi, è passato qualcuno per caso e ha visto il portafogli. Bisogna sempre tener conto anche del fattore caso, dell'imprevisto.»

«Sì, ma questo non conferma la sua teoria» osservai.

«Ma nemmeno la smentisce» [19] gridò Marabino, trionfante.

Non volli stare a discutere, e tacqui. Però m'accorsi che malgrado [20] il tono di vittoria, anche Marabino era rimasto poco soddisfatto circa il risultato delle sue deduzioni. A un tratto, un pallore mortale si diffuse sul suo volto.

«Si sente male?» domandai, allarmato.

«Ohi, ohi, ohi» faceva lui, lamentosamente.

«Un attacco cardiaco? Vedo che si tocca il petto.»

«Ohi, ohi, ohi, ho perduto il portafogli.»

Era vero. Cercammo nel tassì, sopra e sotto i sedili. Niente.

«Forse» mormorai «quando siamo risaliti in automobile...»

Si diè una manata [21] sulla fronte.

«Volevo ben dire!» esclamò, trionfante. «Mancava un anello alla catena. Ero io, quello che doveva perdere il portafogli: quello a cui, salendo o scendendo dalla macchina, il portafogli cadeva in terra. Autista! [22] Torniamo in via Guido d'Arezzo!»

«Speriamo d'arrivare in tempo» dissi, mentre il tassì voltava.

«Speriamo. Purché il fattore 'imprevisto' non passi prima di noi.»

Eravamo arrivati.

«Scendo io a guardare» dissi «non s' incomodi, [23] maestro.»

«No, no», fece lui, con angoscia «non incomodatevi voi.»

Si precipitò giù.

«Bè» domandai «c'è?»

«No.»

Marabino risalì in macchina, tetro. [24]

«Mi dispiace» mormorai.

17 Christmas time

18 Money

19 It doesn't disprove it

20 Despite

21 He slapped

22 Driver

23 Don't bother

24 Gloomy

«Bà» fece Marabino, mentre l'auto ripartiva «questo non vuol dire. L'essenziale è che la teoria si sia dimostrata giusta. E credo di averlo dimostrato.»

Però si vedeva che malgrado tutto, malgrado il trionfo della sua teoria, quel formidabile deduttore non era completamente soddisfatto.

Achille Campanile, "Il sistema deduttivo",
da: *Opere*, Bompiani, 1994

1   Perché Marabino questa volta scende dal tassì?

2   Quando è ambientata la storia? In quale città?

3   Alla fine della storia, chi aveva ragione: il narratore o Marabino? Il sistema deduttivo ha funzionato?

4   Perché Marabino è trionfante e insoddisfatto allo stesso tempo?

A T T I V I T À

a   Campanile usa talvolta espressioni o grafie oggi poco usate. Aiutandoti col vocabolario, sapresti cambiare le seguenti parole in una forma più moderna?

tassì   figliuolo   si dié   incomodarsi

b   Ritrova nel racconto il seguente scambio:

"Sarà."

"Sarà? Dica pure: è."

Che tipo di futuro è questo? Che cosa implica? Perché Marabino dice di usare il presente invece del futuro?

c   Trova quattro congiuntivi nel testo del racconto e inseriscili nella seguente tabella. Poi inserisci le forme mancanti come nell'esempio.

Presente	Imperfetto	Passato	Trapassato
(Lei) Sostenga	Sostenesse	Abbia sostenuto	Avesse sostenuto

Fai lo stesso con dei condizionali nel testo, e poi cambia il soggetto dei verbi.

IO	LUI	NOI	LORO
Vorrei	Vorrebbe	Vorremmo	Vorrebbero

d   Collega le parole delle due colonne basandoti sul racconto. Spiega i motivi delle tue scelte.

a Pianeta   1 Malfamato

b Portafogli   2 Perduto

c Quartiere   3 Mortale

d Campo   4 Scoperto

e Pallore   5 Formidabile

f Deduttore   6 Delle indagini

e   Rifletti sullo stile dei dialoghi nel racconto. Da quali elementi si percepisce il tono paterno e pedagogico di Marabino? Da quali il tono scettico e ironico del narratore?

f   Con un compagno/una compagna, scrivi un dialogo basato sul sistema deduttivo. Ad esempio, siete due investigatori che hanno trovato il portafoglio di Marabino, ma senza nessun documento dentro: da quali indizi capite chi è il proprietario?

Potete anche applicare il sistema deduttivo ai vostri compagni di classe: immaginate di trovare uno dei loro oggetti personali e di dover scoprire tramite quello l'identità del proprietario.

Recitate il dialogo davanti alla classe.

Elsa Morante

Vita e opera

Elsa Morante nasce a Roma nel 1912 e si interessa alla letteratura fin da giovanissima. Dopo il liceo va a vivere da sola e poco dopo deve abbandonare l'università per problemi economici. Negli anni '30 continua a studiare da autodidatta e si mantiene dando lezioni private e collaborando a vari giornali. Nel 1936 conosce lo scrittore Alberto Moravia, con cui si sposa nel 1941. Nello stesso anno pubblica la raccolta di racconti *Il gioco segreto*.

Nel 1943 inizia il suo primo romanzo, *Menzogna e sortilegio*, ma deve interromperlo per fuggire da Roma col marito che è ricercato come antifascista. *Menzogna e sortilegio* esce nel 1948. Elsa Morante rinuncia alla maternità e si dedica completamente alla carriera intellettuale.

Negli anni '50 collabora con la Rai, pubblica il romanzo *L'isola di Arturo* (1957), visita Unione Sovietica, Cina e Stati Uniti. Nel 1961 visita Brasile e India. Il 1962 è segnato da due eventi drammatici: la fine del matrimonio con Moravia e la morte del pittore americano Bill Morrow, suo caro amico.

Nel 1974 pubblica il romanzo *La Storia*, che ha subito un immenso successo. Dal 1976 al 1982 lavora al romanzo *Aracoeli*. Per la scrittrice questi sono anni profondamente tristi. Nel 1980 si frattura un femore e, a causa di questo incidente, trascorre gli ultimi anni della sua vita a letto.

Muore a Roma nel 1985.

L'innocenza

L'Innocenza fa parte della produzione giovanile di Elsa Morante, che in seguito preferirà dedicarsi a storie lunghe. Già qui si vedono comunque i temi cari alla scrittrice, e che saranno poi al centro del capolavoro La Storia: *l'infanzia e l'innocenza. Il bambino protagonista del racconto vede le cose diversamente da come le vedrebbe un adulto e in maniera che a noi sembra "fantastica"; eppure, forse è proprio in quella visione "fantastica" che sta la nostra percezione più pura.*

Certo non è saggio lasciare in casa, soli, una nonna decrepita [1] e un nipote che appena incomincia a cambiare i denti. La colpa di ciò che può accadere non ricadrà su loro due, ma sugli altri.

Il piccolo Camillo era rimasto in casa solo con la nonna. Questa nonna era sorda, e gli anni innumerevoli l'avevano succhiata fino a ridurla quasi un piccolo scheletro di legno. Non solo, ma per tenere insieme quei suoi quattro ossicini di legno, ella era costretta a fasciarsi [2] stretta stretta sotto le sottane, [3] come un fantolino. [4] La sua testa minuscola e rotonda, quasi nuda di capelli, dondolava, e le palpebre grige rimanevano sempre abbassate. Non era, lei, una di quelle nonne che raccontano favole: se ne stava tutta rannicchiata [5] nel seggiolone dall'alto schienale, borbottando tra sé parole che sdrucciolavano [6] tra le sue gengive [7] tremolanti. E il nipote, tranquillo, seduto sullo sgabello, ricontava le pietre del pavimento (giacché da poco aveva imparato a contare).

Mentre così passavano il tempo, si udì bussare forte all'uscio. Camillo eccitato strillò:

- Nonna, bussano!-

- Ma no, no, non è l'ora della minestrina - borbottò la nonna che, come si è detto, era sorda.

- Macché, nonna, ho detto che bussano! — strillò più forte il bambino.

- La vuoi col brodo o col latte? — chiese biascicando la nonna.

1 Decrepit
2 Bind herself up
3 Petticoats
4 Baby
5 Huddled up
6 Slipped
7 Gums

Allora Camillo scosse il capo con rassegnazione, e, saltato giù dallo sgabello, corse ad aprire. Fu stupefatto al vedere una grande e bellissima signora con una pelliccia violàcea, con riccioli scuri intorno al viso ovale e malato, le dita lunghe e candide intrecciate con languore. — È permesso? — chiese la signora, con una voce pigra, che pareva il suono dell'organo. E Camillo, inesperto com'era, disse:

- Accomodatevi.

La signora si sedette in anticamera, e il suo corpo, mezzo nudo sotto la pelliccia, pareva di statua; senonché la faccia non era di statua, era di donna triste e pazza, e ogni tanto, per aumentare quell'apparenza, ella si scompigliava [8] tutti i capelli. Così spettinata, sembrava un nero temporale. Camillo pensò che fosse suo dovere distrarla, [9] e incominciò a raccontarle della nonna:

- Mia nonna, - disse, - ha gli orecchi sbagliati e non capisce niente. Se dico «due» capisce «uno» (avendo imparato da poco a contare, egli faceva sfoggio [10] di esempi numerici).

- Le nonne diventano così — balbettò la signora con voce rauca. E accavallò [11] sfacciatamente le gambe nude.

8 Messed up
9 Entertain her
10 Showed off
11 She crossed

1   Che cosa pensi significhi la prima frase del racconto?
    Come giudichi la situazione del racconto (strana, normale, pericolosa...)?

2   Chi è il personaggio che bussa alla porta? Come è descritto?

- Mia nonna non ha sangue, - aggiunse in fretta Camillo, - è come una formica. [12] Mia nonna non ha denti per mangiare. Anch'io da piccolo ero così, ma adesso no. Guardi qui c'è un buchettino vuoto, ma presto spunterà il dente nuovo.

- Foglie, fiori e denti spuntano, - sentenziò la visitatrice con aria severa, fissandolo con occhi rabbuiati. [13]

- Mia nonna non esce mai di casa, - proseguì Camillo in tono saccente, [14] - non cammina, è come una sedia, come... come il muro. Ma ogni tanto parla, e nessuno le dà retta. Mia nonna ha novantacinque anni.

12 Ant
13 Dark
14 Donnish

- Novantacinque primavere e basta, - corresse la signora. E detto questo si spettinò con furia ed ebbe una specie di singhiozzo. [15]

- Primavera è una stagione, - esclamò Camillo, fiero della propria dottrina. - Quand'io sarò grande, comprerò una dentiera per la nonna, coi denti d'oro, e pure un carretto col ciuco [16] per portarla a spasso.

- Ah, ah, ah! Innocente! Innocente! — gridò la signora balzando in piedi con una risata sfrontata e terribile.

- Addio, mio bell'innocente. Me ne vado.

- Non aspetti? — chiese Camillo deluso.

- Ah, ah, ah, me ne vado, - ripeté la signora, e Camillo si accorse che uscendo ella raccoglieva un non so che da un angolo e se lo nascondeva nel pugno, sotto la pelliccia; gli parve qualcosa come una bambolina di legno.

- Che hai rubato? — le gridò rincorrendola [17] sulla scala. Ma quella, coi capelli al vento, sempre ridendo orribilmente se ne andò, e pareva il tuono quando dilegua. [18]

Camillo furibondo [19] ritornò dalla nonna, e la trovò addormentata. Questo sonno durò in eterno. Soltanto adesso, fattosi grande, Camillo ha capito ogni cosa. L'oggetto misterioso rubato da quella signora, e da lui creduto una bambolina di legno, era invece l'anima della nonna. Infatti quella bellissima signora, che lui stesso aveva lasciato entrare per innocenza, era la Morte.

15 Gulp
16 Donkey
17 Running after her
18 Fades away
19 Furious

1 Perché Camillo parla alla signora? Di che cosa parla? Come sono le reazioni della signora?

2 Chi è in realtà la signora? Che cosa ha preso?

3 Quando Camillo capisce esattamente che cosa è successo?

a   Nel racconto la signora dice che «Foglie, fiori e denti spuntano». Il verbo «spuntare» può avere vari soggetti e significati in italiano. Trova altre cinque cose che «spuntano» o situazioni in cui si usa il verbo «spuntare» e prepara delle frasi che le contengano.

b   Trova il contrario (o diversi contrari) delle seguenti parole:

Saggio ....

Tranquillo ....

Spettinato ....

Severo ....

Scompigliare ....

Nascondere ....

c   Nel seguente paragrafo sono stati inseriti quattro errori. Trovali e poi confronta il testo con l'originale.

Non era, lui, una di quelle nonne che raccontano favole: se ne stava tutta rannicchiata nello seggiolone dall'alto schienale, borbottando tra sé parole che sdrucciolavano tra le sue gengive tremolanti. E il nipote, tranquilo, seduto sullo sgabello, ricontava le pietre del pavimento (giacche da poco aveva imparato a contare).

d   Scioglilingua [Tongue twister]. Ricordi cosa significano i seguenti verbi del racconto?

Succhiare ....

Fasciare ....

Biascicare ....

Con un compagno/una compagna, pratica la pronuncia di "s" "sc" e "c" coniugando questi verbi al congiuntivo imperfetto e al congiuntivo trapassato.

Alberto Moravia

L'autore e l'opera

Alberto Moravia nasce a Roma nel 1907. A nove anni si ammala di tubercolosi ossea (evento che lui stesso definì il più importante della sua vita). La malattia lo obbliga a stare per cinque anni a letto; i suoi studi sono perciò irregolari, ma molto intensi e personali. Lasciato il sanatorio nel 1925 inizia a scrivere il suo primo romanzo, *Gli indifferenti*, pubblicato con grande successo nel 1929.

Il pessimismo profondo di quel romanzo non piace al regime fascista. Per evitare conflitti diretti col fascismo Moravia inizia a viaggiare all'estero: scrive articoli di viaggio dall'Inghilterra e dalla Francia, nel 1935-6 tiene conferenze alla Casa Italiana alla Columbia University di New York. Nel 1935 il fascismo censura il suo secondo romanzo, *Le ambizioni sbagliate*. Sia per i suoi libri che per le sue origini ebree, Moravia è costretto a pubblicare articoli sotto pseudonimo fino alla fine del fascismo.

Nel 1941 sposa la scrittrice Elsa Morante. Nel settembre 1943 deve fuggire da Roma perché è antifascista; da questa esperienza nasce il romanzo *La ciociara* (1957).

Nel dopoguerra, Moravia diventa uno degli autori italiani più famosi: i suoi libri vengono tradotti all'estero, vincono premi, e spesso diventano film di grande successo. I suoi temi principali restano la solitudine e l'alienazione degli individui.

Nel 1962 lascia la moglie per andare a vivere con la giovane scrittrice Dacia Maraini. Continua a viaggiare per il mondo e pubblicare materiale sulle sue esperienze. Nel 1968 pubblica un libro sulla Rivoluzione Culturale in Cina.

Nel 1983 pubblica la raccolta di racconti *La cosa*, dedicati alla nuova compagna Carmen Llera, con cui si sposa nel 1986. È deputato del parlamento europeo dal 1984 al 1989.

Alberto Moravia muore a Roma nel 1990.

Il delitto perfetto

Il delitto perfetto *proviene dalla raccolta* I racconti romani *(1954), splendida analisi della vita urbana di quegli anni. Moravia racconta con ironia, ma anche con qualche tenerezza, le ossessioni e i turbamenti degli italiani di quegli anni. In questo racconto, in particolare, si vede anche l'influenza del cinema americano sull'immaginario collettivo italiano; per una nazione appena uscita dal fascismo e dalla guerra, quel cinema rappresentava il sogno affascinante di un mondo più prospero e stabile.*
Questo aspetto era poi particolarmente importante nella Roma descritta da Moravia, dove già allora funzionava Cinecittà, la maggior fabbrica di cinema in Italia.

Era più forte di me, ogni volta che conoscevo una ragazza, la presentavo a Rigamonti e lui, regolarmente, me la soffiava. [1] Forse lo facevo per dimostrargli che anch'io avevo fortuna con le donne; o forse, perché non riuscivo a pensar male di lui e, ogni volta, nonostante il tradimento precedente, ci ricascavo [2] a considerarlo un amico. E pazienza se avesse fatto le cose con un po' di delicatezza, un po' di educazione; ma si comportava proprio da prepotente, come se io non ci fossi stato. Arrivava a corteggiare la ragazza in mia presenza; a darle degli appuntamenti sotto i miei occhi. In questi casi, si sa, chi ci rimette [3] è la persona educata: mentre lui non si faceva scrupolo di fare i suoi comodi, io invece tacevo per il timore, provocando una discussione, di mancar di riguardo alla signorina. Una volta o due protestai, ma timidamente, perché non so esprimere i miei sentimenti e quando dentro sono tutto fuoco, di fuori rimango freddo che nessuno penserebbe che sono in collera. Sapete cosa rispose?: «Da' la colpa a te stesso e

1 Stole her from me

2 Fell for it again

3 Loses out

non a me... se la ragazza ha preferito me, è segno che io ci so fare meglio di te.» Era vero: come era vero che lui, fisicamente, era meglio di me. Ma un amico si riconosce appunto dal fatto che lascia stare le donne dell'amico.

Insomma, dopo che mi ebbe rifatto quello scherzo quattro o cinque volte, presi a odiarlo con tanta passione che al bar dove lavoravamo, pur stando dietro al banco con lui e servendo con lui gli stessi clienti, procuravo [4] sempre di mettermi di profilo o di spalla per non vederlo. Ormai non pensavo quasi più ai torti che mi aveva fatto, ma proprio a lui, a come era, e mi accorgevo di non potere più soffrirlo. [5] Odiavo quella sua faccia robusta e stupida, con la fronte bassa, gli occhi piccoli, il naso grosso e ricurvo, le labbra fiorite e leggermente baffute. Odiavo i suoi capelli che gli facevano come un casco, neri e lucidi, con due ciocche [6] lunghe che partendo dalle tempie gli arrivavano fino alla nuca. [7] Odiavo le sue braccia pelose che ostentava [8] manovrando in piedi la macchina del caffè. Soprattutto il naso mi affascinava: largo alle narici, arcuato, grosso, pallido nel mezzo del viso rubizzo, [9] come se la forza dell'osso ne avesse tesa la pelle. Pensavo spesso di sferrargli un pugno in pieno su quel naso e di udire l'osso, crac, schiantarsi sotto il pugno. Sogni, perché sono piccolo e mingherlino [10] e Rigamonti, con un dito solo, avrebbe potuto atterrarmi. [11]

Non saprei dire come fu che pensai di ammazzarlo; forse una sera che andammo insieme a vedere un film americano che si chiamava: «Un delitto perfetto.» Io, veramente, da principio non volevo veramente ammazzarlo ma soltanto immaginare come mi sarei regolato per farlo. Mi piaceva pensarci la sera prima di addormentarmi, la mattina prima di levarmi dal letto e, magari, anche di giorno quando al bar non c'era nulla da fare e Rigamonti seduto sopra uno sgabello, dietro il banco, leggeva il giornale, chinando sulla pagina quella sua testa impomatata. Pensavo: «Ora prendo il pestello col quale rompiamo il ghiaccio e glielo dò in testa;» ma così, per gioco. Era insomma come quando si è innamorati e tutto il giorno si pensa alla donna e si fantastica che le si farebbe quello e le si direbbe quest'altro. Soltanto che io avevo

4 I tried to
5 Stand him
6 Locks
7 Nape
8 Showed off
9 Lively
10 Skinny
11 Bring me down

per innamorata Rigamonti e quel piacere che altri prende a immaginare baci e carezze, io lo trovavo nel sognare la sua morte.

1. Che professione fa il protagonista? Chi è Rigamonti? Qual è il problema tra di loro?

2. Come sono descritti fisicamente i due personaggi? Come descriveresti il loro carattere?

3. Dove trova il protagonista l'idea per uccidere Rigamonti? Paragona la storia ma soprattutto l'atmosfera di una vera storia gialla con questo racconto: che differenze ci sono? Che somiglianze?

Sempre per gioco e perché ci trovavo tanto piacere, immaginai un piano in tutti i particolari. Ma poi, una volta formulato questo piano, mi venne la tentazione di applicarlo e questa tentazione era così forte che non resistetti più e decisi di passare all'azione. Ma forse non decisi nulla e mi ritrovai nell'azione quando credevo ancora di fantasticare. Questo per dire che, proprio come in amore, feci ogni cosa naturalmente, senza sforzo, senza volontà, quasi senza rendermene conto.

Incominciai, dunque, a dirgli, tra una tazza di caffè e l'altra, che conoscevo una ragazza tanto bella, che questa volta non si trattava di una delle solite ragazze che piacevano a me e che poi lui me le soffiava, ma proprio di una ragazza che aveva messo gli occhi addosso a lui e voleva lui e nessun altro. Questo glielo ripetei giorno per giorno, una settimana di seguito, sempre aggiungendo nuovi particolari su quell'amore così ardente e fingendo di mostrarmi geloso. Lui dapprima faceva l'indifferente, e diceva: «Se mi ama, venga al bar... le offrirò un caffè,» ma poi cominciò a snervarsi. [12] Ogni tanto, fingendo di scherzare, mi domandava: «Di' un po'... e quella ragazza... mi ama sempre?» io rispondevo: «E come.» «E che dice?» «Dice che le piaci tanto.» «Ma come?... Che cosa le piace in me?» «Tutto, il naso, i capelli, gli occhi, la bocca, il modo come manovri la macchina del caffè... tutto, ti dico...» Insomma proprio le cose che odiavo in lui, e l'avrei ammazzato soltanto per quelle, io fingevo che avessero fatto girare la testa a

12 Lose his patience

quella ragazza di mia invenzione. Lui sorrideva e si gonfiava [13] perché era vanitoso [14] oltremodo e si credeva non so quanto. Si vedeva che in quel suo cervello non faceva che pensarci e che voleva conoscere la ragazza e l'orgoglio soltanto gli impediva di chiedermelo. Finché, un giorno, disse stizzito [15] «O senti... o tu me la fai conoscere... oppure è meglio che non me ne parli più.» Io aspettavo queste parole; e subito gli fissai un appuntamento per la sera dopo.

Il mio piano era semplice. Alle dieci staccavamo, [16] ma al bar, fino alle dieci e mezzo, restava il padrone a fare i conti. Io portavo Rigamonti sotto il terrapieno [17] della ferrovia di Viterbo, lì accanto, dicendogli che la ragazza ci aspettava in quel luogo. Alle dieci e un quarto passava il treno e io, approfittando del rumore, sparavo a Rigamonti con una «Beretta» che avevo comprato qualche tempo prima a piazza Vittorio. Alle dieci e venti tornavo al bar a riprendere un pacchetto che ci avevo dimenticato e così il padrone mi vedeva. Alle dieci e mezzo, al massimo, stavo già a letto nella portineria [18] dello stabile, [19] dove il portiere mi affittava una branda [20] per la notte. Questo piano l'avevo in parte copiato dal film, soprattutto per quanto riguardava la combinazione dell'ora e il treno. Poteva anche non riuscire, nel senso che mi scoprissero. Ma allora restava la soddisfazione di aver sfogato la mia passione. E io per quella soddisfazione me la sentivo anche di andare in galera.

Il giorno dopo avemmo da lavorare parecchio perché era sabato e fu bene perché, così, lui non mi parlò della ragazza e io non ci pensai. Alle dieci, al solito, ci togliemmo le giubbe di tela [21] e, salutato il padrone, ce ne uscimmo, la saracinesca [22] mezzo abbassata. Il bar si trovava sul viale che porta all'Acqua Acetosa, proprio a un passo dalla ferrovia di Viterbo. A quell'ora le ultime coppie avevano lasciato la montagnola del parco della Rimembranza e per il viale buio, sotto gli alberi, non ci passava nessuno. Era aprile, con l'aria già dolce e un cielo che si andava pian piano schiarendo, sebbene la luna ancora non si vedesse.

Ci avviammo per il viale, Rigamonti tutto allegro che mi dava le

13 Showed off

14 Vain

15 Vexed

16 We knocked off

17 Enbankment

18 Caretaker's lodge

19 Building

20 Folding bed

21 Heavy cotton jackets

22 Rolling shutter

solite manate [23] protettive sulle spalle, e io rigido, la mano al petto, sulla pistola che tenevo nella tasca interna della giacca a vento. Al bivio, [24] lasciammo il viale e ci inoltrammo per un sentiero erboso, a ridosso [25] del terrapieno della ferrovia. Lì, per via del terrapieno, faceva più buio che altrove, e anche questo l'avevo calcolato. Rigamonti camminava avanti e io dietro. Giunti al luogo designato, poco lontano da un lampione, [26] dissi: «Ha detto di aspettarla qui... vedrai che tra un momento viene.» Lui si fermò, accese una sigaretta e rispose: «Come barista sei discreto... ma come ruffiano sei insuperabile.» Insomma, continuava ad offendermi.

23 Slaps
24 Junction
25 Behind
26 Street light

1 Qual è il piano del protagonista? Come convince Rigamonti ad andare con lui? Dove ha trovato l'idea? Credi che si tratti veramente di un piano perfetto?

2 Il protagonista ha paura di andare in prigione? Perché?

3 Com'è il posto dove il protagonista porta Rigamonti? Qual è l'atteggiamento dei due personaggi? Che cosa puoi dire della loro psicologia?

Era una località veramente solitaria e la luna, sorgendo alle nostre spalle, illuminava tutta la pianura sotto di noi, annebbiata da una guazza [27] bianca, sparsa di macchioni bruni e mucchi di detriti, con il Tevere che vi serpeggiava, svolta [28] dopo svolta, e pareva d'argento. Mi parve di rabbrividire per la guazza e dissi a Rigamonti, più per me che per lui: «Sai, minuto più minuto meno... sta a servizio e deve aspettare che i padroni siano usciti.» Ma lui di rimando: «Ma no, eccola.» Allora mi voltai e vidi venirci incontro per il sentiero una figura nera di donna.

Poi me lo dissero che quello era il luogo frequentato da quelle donne per incontrarci i loro clienti; ma io non lo sapevo e, lì per lì, quasi pensai che quella ragazza non me l'ero inventata ed esisteva davvero. Intanto Rigamonti, sicuro di sé, le andava incontro e io lo seguii macchinalmente. A pochi passi, lei uscì dall'ombra, nella luce del fanale, [29] e allora la vidi. E quasi mi fece paura. Avrà avuto sessant'anni, con certi occhi spiritati [30] dipinti torno torno di nero,

27 Heavy dew
28 Bend
29 Lamp
30 Wild

il viso infarinato, la bocca rossa, i capelli svolazzanti [31] e un nastro nero intorno il collo. Era proprio una di quelle che cercano i luoghi più bui per non farsi vedere e veramente non si capisce, da tanto sono vecchie e malandate, come facciano a trovare ancora dei clienti. Rigamonti però, prim'ancora di vederla, le aveva già chiesto, con la solita sfacciataggine [32] «Signorina, aspettava noi?»; e lei, non meno sfacciata, gli aveva risposto: «Sicuro.» Poi lui la scorse finalmente, e comprese l'errore. Mosse un passo indietro, disse, incerto: «Beh, mi dispiace, stasera proprio non posso... ma c'è qui l'amico mio,» fece un salto da parte e scomparve giù per il terrapieno. Capii che Rigamonti aveva pensato che io avessi voluto vendicarmi presentandogli, dopo tante belle ragazze, un mostro di quel genere; e capii pure che il mio delitto perfetto sfumava. [33] Guardai la donna che mi diceva, poveretta, con un sorriso che pareva la smorfia di una maschera di carnevale: «Bel biondino, me la dai una sigaretta?»; e mi venne compassione di lei, di me e magari anche di Rigamonti. Avevo provato tanto odio e adesso, non so come, l'odio si era scaricato; e mi vennero le lagrime agli occhi e pensai che grazie a quella donna non ero diventato un assassino. Le dissi: «Non ho la sigaretta, ma prendi questa... se la rivendi ci fai sempre un migliaio di lire;» e le misi in mano la «Beretta.» Poi saltai anch'io giù per il terrapieno, correndo verso il viale. In quel momento passò il treno per Viterbo, vagone dopo vagone, con tutti i finestrini illuminati, spargendo faville [34] rosse nella notte. Mi fermai a guardarlo che si allontanava; e poi ascoltai il rumore finché non si fu spento; e finalmente me ne tornai a casa. Il giorno dopo, al bar, Rigamonti mi disse: «Sai, l'avevo capito che sotto c'era qualche cosa... ma non importa... come scherzo è riuscito.» Io lo guardai e mi accorsi che non lo odiavo più, sebbene fosse sempre lo stesso, con la stessa fronte, gli stessi occhi, lo stesso naso, gli stessi capelli; le stesse braccia pelose che ostentava sempre nello stesso modo manovrando la macchina del caffè. Tutto d'un tratto mi sentii più leggero, come se il vento di aprile, che gonfiava la tenda davanti la porta del bar, mi avesse soffiato dentro. Rigamonti mi diede due tazzine di caffè da portare

31 Fluttering
32 Insolence
33 Came to nothing
34 Sparks

a due clienti che si erano seduti al sole, al tavolo di fuori, e io, pur prendendole, gli dissi, sottovoce: «Stasera ci vediamo?... ho invitato l'Amelia.» Lui sbatté sotto il banco il caffè sfruttato, [35] riempì i misurini di polvere di caffè fresca, fece sprigionare [36] un po' di vapore e quindi rispose semplicemente, senza rancore [37] «Mi dispiace, ma stasera non posso.» Uscii con le tazzine; e mi accorsi che ero deluso che lui quella sera non venisse e non mi rubasse l'Amelia come tutte le altre.

35 Already used
36 Release
37 Resentment

Alberto Moravia, "Il delitto perfetto",
da: *Racconti romani*, Bompiani, 1974

1   Il protagonista riesce a uccidere Rigamonti? Che cosa glielo impedisce? Come reagiscono il protagonista e Rigamonti all'evento inatteso?

2   Rigamonti che cosa crede che sia accaduto? Cosa pensa del protagonista?

3   Che cosa cambia alla fine nei rapporti tra Rigamonti e il protagonista? Spiega la frase «Tutto d'un tratto mi sentii più leggero, come se il vento di aprile, che gonfiava la tenda davanti la porta del bar, mi avesse soffiato dentro». Perché il protagonista è dispiaciuto che Rigamonti non gli soffi Amelia?

A T T I V I T À

a   Scrivi una breve definizione per ognuna di queste espressioni o parole.

ci ricascavo ....

soffiare una ragazza ....

ammazzare ....

sfogare la passione ....

mettere gli occhi addosso ....

fare un migliaio di lire ....

Di queste espressioni, cinque sono molto colloquiali e una invece letteraria: sai trovare quale?

b   Coniuga i seguenti verbi in tutte le persone. Puoi svolgere l'esercizio con un compagno/una compagna dicendo una forma verbale a testa.

Esempio: *Uscii*: Io uscii, tu uscisti, lui uscì...

Ebbe rifatto

Mi accorgevo

Ripetei

Avrà avuto

Non ero diventato

Si erano seduti

c   Leggi il seguente brano e spiega perché qui si usa l'imperfetto.

«Lui sorrideva e si gonfiava perché era vanitoso oltremodo e si credeva non so quanto. Si vedeva che in quel suo cervello non faceva che pensarci e che voleva conoscere la ragazza e l'orgoglio soltanto gli impediva di chiedermelo.»

Riscrivi il brano precedente al passato remoto e poi al futuro.

d   Immaginiamo che Rigamonti sia davvero stato ucciso quella notte. Tu sei un detective che sta cercando l'assassino, e il tuo maggiore sospettato è un collega di Rigamonti (il protagonista). Con un compagno/una compagna preparate l'interrogatorio del detective al protagonista e recitatelo davanti alla classe.

e   Rigamonti ha cambiato idea su Amelia e adesso vuole conoscerla. Scrivi un dialogo tra Rigamonti e il protagonista su questo argomento e presentalo alla classe con un compagno/una compagna.

Fanatico

Fanatico è, non per caso, il primo testo della raccolta Racconti romani. *Oltre a raccontare una vicenda, infatti, questa storia dà un efficace ritratto della Roma degli anni '50: una città povera, violenta, devastata dalla guerra, ma anche vitale, energica, solare. Si osserva anche qui il desiderio di divertirsi e di arricchirsi degli italiani usciti dal fascismo e dalla guerra.*
Nel comportamento del protagonista, inoltre, si trova un interessante esempio nello "spirito" del cittadino romano, creatura fondamentalmente serena e pronta a reagire alle situazioni più inattese con un magico misto di indifferenza e arroganza.

Una mattina di luglio, sonnecchiavo a piazza Melozzo da Forlì, all'ombra degli eucalipti, presso la fontana asciutta, quando arrivarono due uomini e una donna e mi domandarono di portarli al Lido di Lavinio. Li osservai mentre discutevano il prezzo: uno era biondo, grande e grosso, con la faccia senza colori, come grigia e gli occhi di porcellana celeste in fondo alle occhiaie [1] fosche, un uomo sui trentacinque anni. L'altro più giovane, bruno, coi capelli arruffati, [2] gli occhiali cerchiati di tartaruga, dinoccolato, [3] magro, forse uno studente. La donna, poi, era proprio magrissima, col viso affilato e lungo tra due onde di capelli sciolti e il corpo sottile in una vesticciola verde che la faceva parere un serpente. Ma aveva la bocca rossa e piena, simile ad un frutto, e gli occhi belli, neri e luccicanti come il carbone bagnato; e dal modo col quale mi guardò mi venne voglia di combinare l'affare. Infatti accettai il primo prezzo che mi proposero; quindi salirono, il biondo accanto a me, gli altri due dietro; e si partì.
Attraversai tutta Roma per andare a prendere la strada dietro la basilica di San Paolo, che è la più corta per Anzio. Alla basilica feci il pieno di benzina e poi mi avviai di gran corsa per la strada. Calcolavo che ci fossero una cinquantina di chilometri, erano le nove e mezzo, saremmo arrivati verso le undici, giusto in tempo

1 Bags
2 Tousled
3 Lanky

per un bagno in mare. La ragazza mi era piaciuta e speravo di fare amicizia: non era gente in su, [4] i due uomini sembravano, dall'accento, stranieri, forse rifugiati, di quelli che vivono nei campi di concentramento intorno a Roma. La ragazza, lei, era invece italiana, anzi romana, ma, anche lei, roba da poco: mettiamo che fosse cameriera o stiratrice o qualche cosa di simile. Pensando queste cose, tendevo l'orecchio e udivo, dentro la macchina, la ragazza e il bruno chiacchierare e ridere. Soprattutto la ragazza rideva, perché, come avevo già notato, era alquanto sguaiatella [5] e scivolosa, proprio come una serpicciola ubbriaca. Il biondo, a quelle risate, raggrinzava il naso sotto gli occhiali neri da sole, ma non diceva nulla, neppure si voltava. Ma è vero che gli bastava alzare gli occhi verso lo specchietto, sopra il parabrise, [6] per vedere benissimo che cosa succedeva dietro di lui. Passammo i Trappisti, l'E 42, tirammo tutto di un fiato fino al bivio di Anzio. Qui rallentai e domandai al biondo vicino a me dove precisamente volessero essere portati. Lui rispose: «Un luogo tranquillo dove non ci sia nessuno… vogliamo star soli.» Io dissi: «Qui ci sono trenta chilometri di spiaggia deserta… siete voi che dovete decidere.» La ragazza, da dentro la macchina, gridò: «Lasciamo decidere a lui,» e rideva come se la frase fosse stata molto comica. Io allora dissi: «Il Lido di Lavinio è molto frequentato… ma io vi porterò in un posto non lontano dove non c'è anima viva.» Queste mie parole fecero ridere di nuovo la ragazza che, da dietro, mi batté la mano sulla spalla dicendo: «Bravo… sei intelligente… hai capito quello che volevamo.» Io non sapevo cosa pensare di queste maniere, un po' mi seccavano, [7] un po' mi facevano sperare. Il biondo taceva, fosco, e alla fine disse: «Pina, mi sembra che non ci sia niente da ridere.» Così riprendemmo la corsa.

4 Upper class
5 Coarse
6 Windshield
7 They annoyed me

1   Che lavoro fa il protagonista? Chi sono i tre clienti?
    Descrivili brevemente. Cosa pensa il protagonista dei suoi clienti?

2   Come si comportano i tre clienti? Cosa provano uno per l'altro?

C'era un caldo forte, senza vento, e la strada abbagliava; [8] quei due dentro la macchina non facevano che chiacchierare e ridere, ma poi, improvvisamente, tacquero e questo fu peggio perché vidi il biondo guardare allo specchietto del parabrise e quindi raggrinzare il naso, come se avesse veduto qualche cosa che non gli piaceva. La strada adesso aveva da un lato i campi pelati [9] e secchi e dall'altro una fitta macchia. Ad un cartello con il divieto di caccia, rallentai, girai, mi infilai in un sentiero serpeggiante. C'ero andato a caccia d'inverno ed era proprio un luogo solitario, impossibile a scoprirsi se non si conosceva. Dopo la macchia c'era la pineta e, dopo la pineta, la spiaggia e il mare. Nella pineta, come sapevo, durante lo sbarco di Anzio s'erano attestati gli americani, e c'erano ancora le trincee, con le scatolette arrugginite [10] e i bossoli [11] vuoti, e la gente non ci andava per paura delle mine.

Il sole ardeva forte e tutta la superficie pullulante della macchia era luminosa, quasi bionda a forza di luce. Il sentiero andò avanti dritto, poi piegò per una radura [12] e poi entrò di nuovo nella macchia. Adesso vedevamo i pini, coi capelli verdi, gonfi di vento, che parevano navigare nel cielo, e il mare azzurro, duro e scintillante, tra i tronchi rossi. Io guidavo piano perché non ci vedevo bene tra tutti quei cespugli e si fa presto a rompere una balestra. [13] Ad un tratto, mentre stavo attento al sentiero, il biondo che mi sedeva accanto, mi diede un colpo violento, con tutto il corpo, in modo che venni quasi scaraventato fuori [14] del finestrino. «Ma che diamine!» esclamai frenando di botto. Nello stesso tempo, ci fu un'esplosione secca proprio dietro di me e io rimasi a bocca aperta vedendo sul parabrise una rosa di incrinature [15] sottili e un buco tondo nel mezzo. Mi si gelò il sangue e feci per saltare fuori dalla macchina gridando «assassini»; ma il bruno, che aveva sparato, mi premette la canna [16] della rivoltella nella schiena dicendo: «Non ti muovere.»

Restai fermo e domandai: «Che volete da me?» Il bruno rispose: «Se quell'imbecille non ti avesse urtato, non ci sarebbe bisogno di dirtelo ora... vogliamo la tua macchina.» Il biondo disse a denti stretti: «Io non sono un imbecille.» L'altro rispose: «Sì, che lo sei...

8 Was dazzling
9 Bare
10 Rusty
11 Cartridge cases
12 Clearing
13 Leaf spring
14 Flung out
15 Cracks
16 Barrel

non eravamo forse d'accordo che io dovevo sparargli? Perché ti sei mosso?» Il biondo ribatté: «Eravamo anche d'accordo che avresti lasciato stare la Pina... anche tu ti sei mosso.» La ragazza si mise a ridere e disse: «Siamo fritti.» «Perché?» «Perché lui adesso va a Roma e ci denunzia.» Il biondo disse: «E farà anche bene.» Egli trasse di tasca una sigaretta, l'accese e prese a fumare. Il bruno si voltò indeciso verso la ragazza: «Ma, insomma, che cosa dobbiamo fare?» Io alzai gli occhi verso lo specchietto e vidi lei, rannicchiata [17] in un angolo, che faceva verso di me un gesto col pollice e l'indice come per dire: «Fallo fuori.» [18] Mi si gelò di nuovo il sangue; ma respirai udendo il bruno dire in tono di profonda convinzione: «No, certe cose si ha il coraggio di farle una volta sola... adesso sono smontato e non ce la faccio più.»

Ripresi coraggio e dissi: «Ma che ve ne fate del taxi? Chi vi falsifica la patente? Chi ve lo rivernicia?» ad ogni domanda capivo che non ci avevano nessuno e che non sapevano più che cosa fare: avevano deciso di ammazzarmi e, siccome non gli era riuscito, non avevano più neppure il coraggio di derubarmi. Tuttavia il bruno disse: «Abbiamo tutto, non temere.» Ma il biondo, sardonico: «Non abbiamo nulla, abbiamo soltanto ventimila lire in tre e una rivoltella che non spara.» In quel momento alzai di nuovo gli occhi verso lo specchietto e vidi la ragazza fare quel gesto così grazioso verso di me. Dissi allora: «Signorina, quando saremo a Roma quel gesto le costerà qualche annetto di galera in più.» Quindi mi voltai a metà verso il bruno, che tuttora mi puntava la rivoltella nella schiena, e gridai esasperato: «Beh, che aspetti? Spara, vigliacco che sei, spara!»

17 Crouching

18 Kill him

1   Quali erano le autentiche intenzioni dei tre clienti? Perché volevano andare in un posto solitario?

2   Perché il loro piano fallisce? Perché il biondo e il bruno litigano? Che soluzione propone la donna?

3   Il protagonista ha due diverse reazioni agli eventi: qual è la prima? Quale la seconda?

4   In questa prima parte ci sono dei riferimenti alla guerra passata: quali?

La mia voce risuonò in un silenzio profondo e la ragazza, con simpatia questa volta, gridò: «Lo sapete chi è il più coraggioso, qui? Lui» indicando me. Il bruno disse qualcosa come una bestemmia, [19] sputò da parte e quindi aprì lo sportello, saltò giù, e venne davanti a me, presso il finestrino. Disse furioso: «Allora presto, quanto vuoi per riportarci a Roma e non denunciarci?...» Capii che il pericolo era finito e dissi lentamente: «Io non voglio niente... e vi porto dritti a Regina Coeli [20] tutti e tre.» Il bruno non si spaventò, bisogna riconoscerlo, era troppo disperato ed esasperato. Disse soltanto: «Allora ti ammazzo.» E io: «Provaci... io ti dico che non ammazzi nessuno... e ti dico pure che vi vedrò col muso all'inferriata, [21] te, quella sgualdrina della tua amica, e anche lui.» Lui disse: «E va bene» a voce bassa e io capii che faceva sul serio e infatti mosse un passo indietro e alzò la pistola. Per fortuna, in quel momento, la ragazza gridò: «Ma smettetela... e tu, invece di offrirgli del denaro, imponiti con la rivoltella... vedrai come fila.» [22] Così dicendo, si sporgeva dietro di me e allora sentii che con le dita mi faceva un solletico all'orecchio, appena, in modo che gli altri due non vedessero. Mi venne un gran turbamento perché, come ho detto, lei mi piaceva e, non so perché, ero convinto di piacere a lei. Guardai il bruno che tuttora mi puntava contro la pistola, guardai di sbieco [23] lei che mi fissava con quei suoi occhi di carbone, neri e sorridenti, e poi dissi: «Tenetevi i vostri soldi... non sono un brigante come voi... ma a Roma non vi riporto... riporterò soltanto lei, giusto perché è una donna.» Pensavo che avrebbero protestato e invece, con mia sorpresa, il biondo subito saltò giù dalla macchina dicendo «buon viaggio.» Il bruno abbassò la pistola. La ragazza, tutta vispa, [24] venne a sedersi accanto a me. Dissi: «Allora arrivederci e speriamo che presto vi mandino in galera» e poi girai, manovrando con una mano sola perché l'altra mano me la stringeva lei nella sua, e non mi dispiaceva che quei due capissero il motivo per cui mi ero dimostrato così arrendevole.

Tornai sulla strada e corsi cinque chilometri senza aprir bocca. Lei mi stringeva sempre la mano e tanto mi bastava. Cercavo adesso anch'io un luogo isolato, seppure per motivi diversi dai loro. Ma

19 Curse
20 [a jail in Rome]
21 Grating
22 He behaves
23 I looked askance at
24 Animated

come mi fermai e feci per entrare in un sentiero che portava al mare, lei mi posò la mano sul volante dicendo: «No, che fai, andiamo a Roma.» Dissi, guardandola fisso: «A Roma ci andiamo stasera.» E lei: « Ho capito, anche tu sei come gli altri, anche tu sei come gli altri.» Piagnucolava, moscia [25] e fredda, falsa, ché si vedeva lontano un miglio che faceva la commedia, e come feci per abbracciarla, mi cascava ora da una parte ora dall'altra, e non c'era verso che si lasciasse baciare. Ho il sangue caldo e presto monto in collera. [26] Tutto ad un tratto capii che mi aveva giocato, [27] e che io, in quella gita maledetta, ci avevo rimesso [28] la benzina, la paura e il tempo; e pieno di rabbia la respinsi con violenza dicendo: «Ma va' all'inferno e che tu possa rimanerci.» Lei subito si rincantucciò, per niente offesa. Io rimisi in moto la macchina e poi fino a Roma non parlammo più.

A Roma le dissi, fermandomi e aprendo lo sportello: «E adesso scendi, fila, [29] più presto che puoi.» E lei, come meravigliata: «Ma che, ce l'hai con me?» [30] Allora, non potendone più, gridai: «Ma di' un po', hai voluto assassinarmi, mi hai fatto perdere la giornata, la benzina, il denaro... e poi non dovrei avercela con te? Ringrazia il cielo che non ti porti in questura.» Sapete che rispose? «Quanto sei fanatico.» Quindi scese e, dignitosa, superba, altezzosa, dimenandosi tutta in quella vesticciola serpentina, si avviò tra le macchine e il traffico di Porta San Giovanni. Io rimasi intontito a guardarla mentre si allontanava, finché scomparve. In quel momento qualcuno salì nel taxi, gridando: «A piazza del Popolo.»

25 Downcast
26 I get angry
27 Deceived me
28 I had lost
29 Clear off
30 Are you angry with me?

Alberto Moravia, "Fanatico",
da: *Racconti romani*, Bompiani, 1974

1 Come cambiano i rapporti tra i quattro personaggi? Perché il bruno non uccide il protagonista? Come fa il protagonista a capire che la donna è interessata a lui?

2 Come descriveresti il carattere del protagonista? E quello della donna?

3 Secondo te che cosa significa esattamente la parola "fanatico" quando la donna la usa col narratore? Perché il protagonista è intontito quando la donna se ne va?

4 Tu come ti saresti comportato nella situazione del protagonista? Avresti denunciato i tre dopo esserti messo/a al sicuro?

a Accoppia le parole delle due colonne basandoti sul loro abbinamento nel racconto.

1	vesticciola	a	vispa
2	fontana	b	deserta
3	piazza	c	fitta
4	ragazza	d	secca
5	esplosione	e	verde
6	macchia	f	asciutta

Ora scrivi una frase con ogni coppia di parole, o poni a un compagno/una compagna domande che contengano le coppie di parole.

b Trova queste frasi nel racconto originale e completale:

«Che volete da me?» Il bruno rispose: «Se quell'imbecille non ti avesse urtato...

L'altra mano me la stringeva lei nella sua, e non mi dispiaceva che quei due...

Trova altre maniere di finire le frasi precedenti.

c Nel seguente brano del racconto sono stati inseriti quattro errori di grammatica: riesci a trovarli? Dopo puoi confrontare il testo con l'originale per vedere se li hai trovati tutti.

«Ripresi coraggio e dissi: «Ma che ve ne fate del taxi? Chi vi falsifica la patente? Chi ve le rivernicia?» ad ogni domanda capivo che non ci avevano nessuno e che non sapevano più che cosa fare: avevano deciso di ammazzarmi e, siccome non gli fosse riuscito, non avevano più neppure il coraggio da derubarmi. Tuttavia il bruno disse: «Abbiamo tutto, non temere.» Ma il biondo, sardonico: «Non abbiamo nulla, abbiamo soltanto ventimille lire in tre e una rivoltella che non spara.»

d Trova in ogni lista il contrario delle seguenti parole.

Arrendevole: gentile, combattivo, stanco, felice.

Turbamento: paura, velocità, calore, serenità.

Luccicante: opaco, chiaro, notturno, calmo.

Sguaiatella: energica, giovane, povera, raffinata.

Frequentato: lontano, ombroso, deserto, malinconico.

e   Con alcuni compagni, recita uno dei dialoghi del racconto. Potete cambiare dettagli e personaggi per adeguarli alla situazione della vostra classe.

f   Immagina un seguito della storia e mettilo in scena con dei compagni di classe. Ad esempio, il cliente che sale sul taxi alla fine è il marito geloso della donna; oppure la donna cambia idea e la sera telefona al taxista, etc.

Vitaliano Brancati

L'autore e l'opera

Vitaliano Brancati nasce a Pachino (Siracusa) nel 1907. Nel 1922, a soli 15 anni e all'inizio del regime fascista, si iscrive al Partito Nazionale Fascista e scrive alcune opere di propaganda. Nei primi anni '30 cambia orientamento politico e incomincia a descrivere con tono satirico la piccola borghesia siciliana (che resterà sempre il suo argomento preferito). Le sue nuove posizioni gli procurano diversi problemi con il regime: nel 1934 la censura fascista blocca il suo romanzo *Singolare avventura di viaggio* e nel 1939 la stessa censura chiude la rivista "Omnibus", con cui Brancati collaborava.

Nel 1941 si trasferisce a Roma e pubblica il romanzo antifascista *Gli anni perduti*, e nel 1944 il bellissimo racconto *Il vecchio con gli stivali*, dove descrive le umiliazioni degli individui oppressi dal regime.

Nel 1942 pubblica un romanzo di satira contro il machismo siciliano, *Il bell'Antonio*, e conosce l'attrice di teatro Anna Proclemer, che sposerà poco dopo.

Nella metà degli anni '40 Brancati incomincia a scrivere anche per il cinema, e cura le sceneggiature di *Guardie e ladri* di Monicelli (1951), *Altri tempi* di Blasetti (1952) e *Viaggio in Italia* di Rossellini (1954).

Si separa dalla moglie nel 1953.

Muore a Torino nel 1954, lasciando incompiuto il romanzo *Paolo il caldo*.

I nemici

Il racconto I nemici *manifesta le complesse emozioni dell'autore verso
la propria terra d'origine, la Sicilia. In molte opere Brancati ironizza,
anche ferocemente, sulle abitudini e sulle tradizioni siciliane,
scagliandosi in particolare contro l'atteggiamento tradizionale degli
uomini verso le donne e contro il concetto arcaico di "onore". Allo stesso
tempo, Brancati ama moltissimo la Sicilia, con i suoi colori, i suoi
profumi e anche con i moltissimi aspetti positivi della sua gente.*
*Questo racconto mostra entrambe le tendenze di Brancati: inizia
infatti con una descrizione poetica della terra, e prosegue poi con il
racconto più distaccato del rapporto tra due uomini che non riescono a
comunicare bene né tra di loro né con gli altri.*

Ecco la mia vecchia Sicilia: le campagne ove la notte più nera non
riesce a render bruno il mandorlo [1] fiorito; i girasoli [2] che
s'affacciano dai muri come barboncini [3] sonnacchiosi; i papaveri [4]
alti quanto bambini che poggino la testa sul fianco dei grandi. Qui
la notte di marzo è odorosa di sole, per via delle pietre che
trattengono il calore fin dopo la mezzanotte. Le margherite e l'erba
di smalto [5] si spingono fino al mare, e la lucertola, correndo di fiore
in fiore, va a specchiare, entro l'ultima onda, il filo d'erba
verdissimo che reca nella bocca verde. Gli alberi bassi e luccicanti
del limone e dell'arancio diventano, al lume di luna, cupi come
pozze d'acqua. Ed ecco le città e i borghi pieni di terrazze e
terrazzine; alcune le riconosco perché, da trent'anni, sembra che
stiano per cadere sulla mia casa. Terrazze deserte e screpolate, [6]
dalle quali non vidi mai affacciarsi persone, ma l'aurora, le stelle, la
luna e l'intero cielo d'estate. Ed ecco i balconcini, nel cui vano [7]
nero si muovevano, un po' meno nere, le ragazze del tempo in cui
anche noi eravamo ragazzi, finché la luna, o un lume passeggero
nel balcone dirimpetto, [8] non scoprisse il loro visetto pallido e gli
occhi impauriti. Ecco le strade e le stradette, piene di nottambuli!

1	Almond tree
2	Sunflowers
3	Poodles
4	Poppies
5	Enamel
6	Cracked
7	Doorway
8	Opposite

Hanno un bell'avvolgerle di buio e timore: il cicaleccio [9] continua, e i chiodi delle scarpe mandano scintille [10] come lucciole. [11]

Non si capisce bene perché, ma qui è facile volersi molto bene o molto male; chi è perseguitato da una «voce d'amore», qui la sente uscire fin dai calici delle margherite come da megafoni (anche per me i balconi e le finestre sono disseminati di voci simili, ma son voci del passato, improvvisamente rafforzate, come per un momentaneo guasto nella macchina del mondo); chi poi è perseguitato dalla voce dell'odio, la sente piovere anche dall'acquasantiera sgocciolante [12] ai piedi del crocifisso, morde le lenzuola e non può dormire...

E a questo proposito, voglio raccontarvi una vecchia storia.

9 Chattering
10 Sparks
11 Fireflies
12 Dripping holy water font

1 L'autore descrive o racconta? Che cosa descrive o racconta?

2 Il testo si svolge di giorno o di notte? Predomina un senso di luce o di buio?

3 Quali elementi interessano di più al narratore: animali, vegetali o persone? Cerca alcuni esempi nel testo per ogni categoria.

4 Come sono le emozioni della gente siciliana secondo l'autore?

Molti anni addietro viveva, in una città siciliana, una coppia di amici veramente invidiabile: Francesco Zappulla e Corrado Nicolosi si volevano tanto bene che la moglie di Zappulla ne era gelosa. «Tu» diceva al marito, «con me non spiccichi una parola, [13] e con quello storpio [14] di Nicolosi ti viene una tale parlantina [15] che da lontano, a vedervi, sembrate due galli che si becchino [16] il collo!».

In verità, questi due uomini taciturni, che esprimevano anche il no e il sì con un raschio della gola, [17] e ai quali i parenti, e la madre stessa, avevano sempre detto: «La bocca perché te l'ha fatta, il Signore?», quando si trovavano insieme, eran presi da una strana eccitazione. Tutto di loro, non solamente la bocca, si dava a parlare: un'eloquenza smisurata si rovesciava da ogni parte della loro persona; e mentre la bocca parlava all'orecchio, il cappello dell'uno parlava al cappello dell'altro, il vestito al vestito, le due teste di cane, sul manico dei due bastoni, s'accostavano [18] e

13 You don't utter a word
14 Cripple
15 Talkativeness
16 Peck at
17 By clearing their throat
18 Got closer

urtavano col rumore di chi parla e ride nel medesimo tempo. «Che caspita si dicono?» mormorava la gente, vedendoli passare così allegri, gesticolanti e ciarlieri. Tornato a casa, Francesco Zappulla aveva ancora gli occhi lucidi di parlantina, e spesso, durante il sonno, ripensando alle parole dell'amico, veniva preso da scoppi di risa. La moglie rivoltava il cuscino, e borbottava: [19] «Abbiamo capito: questa notte non si può dormire!». E il marito, più affettuoso e tenero che mai, le metteva il collo sul collo proprio come un cavallino, muovendo le labbra in un atto che la moglie aveva sempre scambiato per un bacio, mentre in verità egli articolava senza suono le solite quattro parole: «Che spirito, quell'uomo!».

Una notte, però, queste parole furono percepite dalla moglie, la quale si mise a gridare le peggiori insolenze contro Corrado Nicolosi; i vicini, svegliandosi, appresero che costui aveva falsificato un testamento, bruciato un negozio assicurato per centomila lire, e venduto la tomba di suo padre, ma non riuscirono a sentire come tutto questo fosse una menzogna [20] infame, avendo Francesco Zappulla difeso l'amico con voce troppo bassa e, infine, con troppo poche parole. Il diverbio [21] continuò anche la notte seguente, e l'accordo fra i due coniugi stava per tramutarsi negli atti di una divisione legale, quando l'amicizia fra Corrado Nicolosi e Francesco Zappulla improvvisamente finì.

Come? La storia qui non è chiara. Certo è che, una sera, Zappulla tornò a casa col cappello morsicato, il colletto slacciato [22] e il naso pallido come quello di un morto. «Non lo voglio più vedere, nemmeno stampato sul muro!» soffiava, ficcandosi la mano entro il colletto. «Canaglia! [23] Pazzo! Bugiardo!».

«Te lo dicevo io!» commentava la moglie trionfante. «Era un poco di buono! Ma non ci pensare!...».

Invece, Francesco Zappulla ci pensò di continuo. Mentre era a tavola, si scarduffava [24] bruscamente i capelli e stralunava gli occhi [25] come chi si sente mancar l'aria. «Che hai?» faceva la moglie.

«Canaglia!... Canaglia!...» esclamava lui, e pregava la moglie di tenergli la mano. «Vedi come tremo?».

19 Grumbled
20 Lie
21 Quarrel
22 Undone
23 Scoundrel
24 He ruffled
25 Opened his eyes wide

Di notte, rompeva il sonno con un colpo secco di testa, e accendeva la lampada del capezzale. [26] «Figlio di mala femmina, canaglia!» esplodeva, levandosi a sedere sul letto. La moglie spegneva pazientemente la lampada, e mormorava: «Dormi, via, dormi!». Qualche volta gli chiedeva: «Si può sapere che ti ha fatto?». «No, non si può sapere!» ruggiva lui.

26 Bedside lamp

1 Chi è il protagonista di questa parte: Francesco Zappulla o Corrado Nicolosi? Da cosa lo capisci?

2 Come descriveresti il carattere dei due personaggi? Com'è il rapporto tra di loro e col resto del paese?

3 Perché la moglie di Zappulla è arrabbiata? Cosa dice contro Nicolosi?

4 Cosa è successo la sera che Zappulla torna a casa «col cappello morsicato, il colletto slacciato»? Come cambia il rapporto tra Zappulla e Nicolosi? Quali potrebbero essere i motivi del cambiamento?

In verità, non esisteva una grossa ragione per questa rottura. D'un tratto, Francesco Zappulla s'era accorto che Corrado Nicolosi non era «l'amico che egli credeva». Gli era bastato per odiarlo. E quest'odio era cresciuto così velocemente che non gli lasciava più tempo né spazio per altri sentimenti. Egli non nominava più Corrado Nicolosi, e si limitava a chiamarlo *lui*. Di ogni nero pensiero, di ogni evento sgradevole, dell'amarezza, della barbara noia, attribuiva la colpa a *lui*. E del resto, non aveva torto: perché quell'uomo lo costringeva a odiare, a seppellirsi vivo in un sentimento per cui non era nato. Il pover'uomo si sentiva arido come uno stecco, si accorgeva di non contare più i giorni, e che il destino, profittando [27] ch'egli fosse così assorto [28] nell'odio, gli riempiva le tasche di anni, e imbiancava i capelli prima del tempo. «Vigliacco! Farabutto!» Con queste due parole, Francesco Zappulla riusciva a passare un'intera stagione, come uno che passi un pomeriggio tutto intento a fischiettare lo stesso motivo. Poi veniva la volta della frase: «E mai muore?». Con questa frase, così gravida di significati, così varia di toni, egli era veramente in grado di trascorrere un anno, e anche due.

27 Taking advantage of

28 Engrossed in

Ma la vita è breve, e l'obbligo di odiare l'accorcia sinistramente. Di questo, l'avvertirono alcuni poeti. Francesco Zappulla si esprimeva con molta efficacia quando parlava del suo argomento preferito. «Guardatelo!» diceva. «Gli cresce la pancia! Egli ha ingoiato [29] molti anni della mia vita! Se muore, si gonfierà [30] talmente che il cadavere [31] spezzerà la cassa e riempirà la cattedrale!».

Ogni cosa bella e gentile, che riuscisse a fiorire o a rilucere, [32] gli pareva una disfatta di *lui*. Se le violette avevano una grazia particolare, voleva dire che *lui* perdeva terreno; se il vento faceva una voce festiva di ragazza, voleva dire che *lui* andava al diavolo.

Nel 1912, Corrado Nicolosi fu eletto sindaco e un numero straordinario di suoi ritratti sporse la grinta [33] dai muri delle strade e dai giornali. «Madonna santa!» disse la moglie di Zappulla. «Il mio Ciccio ne morirà!».

Accadde invece tutto l'opposto. Il capriccioso destino venne in soccorso di Francesco Zappulla, provvedendolo di un singolare e occulto senso del comico. D'altronde quelle fotografie non potevan dirsi riuscite. Corrado Nicolosi gli apparve d'un tratto così ridicolo, così goffo, [34] che somigliò ad animali e oggetti così meschini [35] che per Zappulla si aprì un'epoca di grandi risate. Non abbiamo detto ch'egli aveva un grosso naso entro il quale il raffreddore brontolava [36] come il vento nel camino. Quando poi veniva assalito dall'ilarità, egli serrava [37] la bocca e si tappava il naso [38] col fazzoletto come chi voglia cacciare indietro uno sternuto. [39] Ma raramente era capace di dominarsi; le più volte, sbottava con un orribile rumore di espettorazione. Davanti a talune fotografie di Nicolosi, specialmente davanti a quella che gli somigliava alla patata lessa, e che era esposta nella vetrina di un tabaccaio, Zappulla doveva passare di corsa anche di notte, turandosi il naso. Davanti a una seconda fotografia, in cui Nicolosi gli somigliava alla mostarda, Zappulla dovette spesso arrestarsi, poggiare i gomiti al muro e, reggendosi la fronte con le mani, vomitare pietosamente le sue risate. Ma la cosa più buffa del mondo gli sembrava una testa di Nicolosi che si trovava nel negozietto di un sobborgo. [40] Per vederla, egli faceva dei chilometri, e spesso, vi conduceva anche gli

29 He swallowed
30 He will swell up
31 Corpse
32 Shine
33 Determination
34 Awkward
35 Poor
36 (Here) Whistled
37 He shut tightly
38 Held his nose
39 Sneeze
40 Suburb

amici.

«Meno male che la piglia così!» diceva la moglie.

Una notte, però, che il marito si chiuse nello studio, con una fotografia di Nicolosi in costume di alpinista, e quivi, levatasi la giacca, cominciò a rotolarsi [41] sulle sedie e le poltrone, e tenendosi il petto [42] con le due mani, e dicendo: «Muoio! Muoio!», la povera donna, che s'era accostata alla porta, tornò indietro costernata, [43] e telefonò alla suocera: «Mi pare che vostro figlio stia male! Venite!».

41 Roll about

42 Chest

43 Dismayed

Vitaliano Brancati, "I nemici",

da: *Opere*, Bompiani 1987

1 Quali sono gli effetti dell'odio su Francesco Zappulla? Quali espressioni usa contro il vecchio amico?

2 Qual è l'evento fondamentale del 1912? Di cosa ha paura la moglie di Zappulla?

3 A quali oggetti Zappulla paragona le fotografie di Nicolosi?

4 Che significato ha il paragrafo finale? Come spiegheresti questa reazione di Zappulla?

A T T I V I T A

a Prova a spiegare le seguenti espressioni senza andare a rileggere il testo. Poi controlla se hai risposto correttamente.

Non spiccicare una parola. ....

Ti viene la parlantina. ....

Come due galli che si becchino il collo. ....

Essere un poco di buono. ....

b Volgi al passivo la seguente frase.

Costui aveva falsificato un testamento, bruciato un negozio assicurato per centomila lire, e venduto la tomba di suo padre.

Cerca le seguenti frasi nel testo e volgile all'attivo, aggiungendo il soggetto adatto.

Chi è perseguitato da una «voce d'amore»...

Nel 1912, Corrado Nicolosi fu eletto sindaco...

Quando poi veniva assalito dall'ilarità...

c   Quali dei seguenti aggettivi ti sembrano adatti a descrivere Nicolosi,
    quali a descrivere Zappulla e quali la moglie?

Arrogante	Rancoroso
Silenzioso	Pratico
Furbo	Represso
Triste	Preoccupato
Irritabile	Debole
Paziente	

d   Prova a descrivere con parole tue Francesco Zappulla e la moglie
    usando gli aggettivi del punto precedente e spiegando perché ti
    sembravano adeguati. Puoi aggiungere altri aggettivi che ritieni
    necessari.

e   Commenta la frase «la vita è breve e l'obbligo di odiare la accorcia
    sinistramente». Sei d'accordo? Prova a cercare argomenti sia a favore
    che contro questa frase. Confronta i possibili argomenti con un
    compagno/una compagna.